K.

Ruth Berger

Eisweihnacht

Eine Wundergeschichte

Illustriert von
Andrea Offermann

Kindler

1. Auflage November 2012

Einbandgestaltung any.way, Barbara Hanke/
Cordula Schmidt
Einbandillustration Andrea Offermann
Satz Stempel Garamond, InDesign,
bei Pinkuin Satz und Datentechnik, Berlin
Druck und Bindung GGP Media GmbH, Pößneck
Printed in Germany
ISBN 978 3 463 40606 0

Die Kälte war so beißend, dass einem in dem Augenblick, wo man ins Freie trat, die Feuchtigkeit in der Nase gefror. Ließ man sich davon nicht schrecken und ging weiter, bekam man den Eindruck, es müssten bald Zapfen aus den Nasenlöchern wachsen. Den Bettlern und den Marktleuten geschah auch genau das. Der Winter 1844 war der kälteste seit einer Generation. Niemand, der jetzt auf der Welt war, sollte je wieder einen solchen Winter erleben, auch nicht die Kinder und Enkel, und keine so schwere Hungersnot, wie sie am Ende aus der Eiseskälte erwuchs.

In diesem entsetzlichen Winter nun geschah dem kleinen Josua Anspach das Schlimmste, was einem siebenjährigen Kind geschehen kann. Im Sommer schon war der Vater an einem Sumpffieber gestorben, das er sich auf Reisen in Oppenheim geholt hatte. Anfang Dezember dann verblutete die Mutter bei der Geburt eines Geschwisterchens im Kindbett.

Josua hatte einen jüngeren Bruder, den genau wie das Neugeborene Verwandte zu sich nahmen. Josua selbst aber gaben die Verwandten, nach einigen geheimen Debatten und etwa zwei

Wochen nach dem Tod der Mutter, mitten in der Nacht einem Postillon in Obhut, mit dem Auftrag, das Kind nach Frankfurt zu bringen. Bei sich trug der Junge nichts außer etwas Proviant in der Westentasche, eine zum Bündel geschnürte Decke für die Reise sowie einen schwarzen Ledergurt mit einem versiegelten Brief darin, den er in Frankfurt, so sagte man ihm, der erstbesten vertrauenswürdig aussehenden Person in die Hand geben sollte.

Josua wehrte sich nicht. Er fühlte sich wie gelähmt. Seit dem Tod der Mutter war das Leben zu einem bösen Traum geworden, aus dem er beständig hoffte aufzuwachen. Die ganze Zeit hatte er kaum geweint und kaum geredet und kaum gegessen. Seine Mutter sollte tot sein? Das musste sich doch als falsche Nachricht erweisen, als Missverständnis! Jede Minute musste Mama aus der Tür des Schlafzimmers treten, in ihrem himmelblauen Nachtrock mit roten Wangen und aufgelösten Haaren, und ihn in den Arm nehmen. So sehr vermisste Josua seine Mutter, dass er fast sicher gewesen war, seine Sehnsucht müsse bewirken, dass sie irgendwann erschien.

Jetzt aber, als die Tante ihn in die Kutsche setzte, bei Frost und Dunkelheit, zu einem fremden Herrn mit hohem Zylinder und buschigen Brauen, da wusste Josua mit einem Mal, dass er wirklich und wahrhaftig seine Mutter verloren hatte und dass er selbst verloren war, ganz und gar verloren. Der fremde Herr hatte eine schmale Oberlippe und einen gelben Stock und eine Daunendecke auf den Knien und sah ihn im Licht der Laterne scharf an.

Die Bank war hart und kalt, und Josua kam mit den Füßen nicht auf den Boden. Als der Wagen losfuhr, begann er zu weinen. Sofort gefroren die Tränen auf seinem Gesicht und schmerzten ihn, und da weinte er noch mehr.

❄

Im Haus des Frankfurter Grossisten Best, Kaufmann für Spezereiwaren und Importartikel, erwartete man am folgenden Mittag wichtigen Besuch. Nur die Person, der dieser Besuch galt, ahnte davon nichts. Diese Person war Herrn Bests älteste Tochter Elise, die mit dreißig Jahren (Gehässige munkelten: über dreißig) noch unverheiratet war. Fräulein Elise Best saß allerdings nicht tagein, tagaus untätig im Stübchen, sondern ersetzte als Gehilfin im Geschäft ihres Vaters diesem immerhin einen männlichen Angestellten. Gerade stand sie fröstelnd im Gewölbe, einem riesigen, unterirdischen Verlies, das sich in drei hohe Räume aufteilte, verbunden durch niedrige Gänge. Das Gewölbe war größer als der Grundriss des Hauses, aus hellem Sandstein gemauert, der hier und da weiße Salzkrusten und gelbe Flechten angesetzt hatte, und es bildete gleich nach Erfahrung und Renommee das wichtigste Kapital des Best'schen Geschäfts. Denn ein Frankfurter Kaufmann, der kein Gewölbe besaß, musste eines mieten. Und billig war das nicht.

Elise Best stand, Laterne in der Hand, vor den Weinflaschen. Sie lagerten auf einem Gestell im Gelass ganz hinten, neben dem strengen, steinharten italienischen Käse, der in großen runden Laibern auf einem Holzregal gestapelt war. Elise konnte kaum glauben, was sie entdeckte. Alle Flaschen waren geplatzt. Alle. Niemals war dergleichen vorgekommen. Dazu hatte man eben ein Gewölbe, damit es nicht vorkam. Aber verwunderlich war es nicht. Die Temperatur war nach langen, strengen Frostwochen nun auch hier drinnen unter den Gefrierpunkt gesunken; sogar weit darunter, wenn Elise richtig spürte. Sie sah sich im Rest des Lagers um. Die Zitronen in den Kisten am Boden – hart gefroren und zweifellos verdorben. Wie gut, dass sie vor einer Woche die wertvollsten frostempfindlichen Waren nach oben geholt hatten. Bloß eben den Wein nicht, weil der Vater schimpfte, es wäre nicht nötig, und die viele Bewegung würde den edlen Tropfen schaden.

Der Vater begann jedes Jahr Anfang Dezember unleidlich zu werden. Vielmehr, noch unleidlicher als sonst. Ein Nörgler und Grantler war er ohnehin, außer natürlich mit Kunden und Geschäftsfreunden – zu denen war er ganz liebenswürdig. Ein richtiger Charmeur konnte er da sein. Nur nicht zu Haus.

Der Advent und das Weihnachtsfest waren aber tatsächlich jedes Jahr seine grantigste Zeit. Dabei könnte man es so nett haben zu den Festtagen, dachte Elise. Wie sollte man denn den langen Winter ertragen, ohne es sich wenigstens um die Weihnachtszeit schön zu machen und ein bisschen Licht und Freude in das alte, dunkle Haus zu holen? Das Best'sche Stammhaus lag im Tuchgaden hinterm Roten Haus, hier war alles dicht an dicht gebaut, und die Sonne sah man nie. Elise würde so gerne in die Neustadt ziehen, wo die Gassen nicht so eng waren und die Fenster nicht so klein. Doch das ließ das Geschäft angeblich nicht zu.

Wenn der Vater nur vergessen könnte.

Genau das konnte er nicht. Beide seiner Frauen, die erste, Elises Mutter, und später die zweite, hatte er an Heiligabend verloren. Darüber war ihm noch einiges andere abhandengekommen. Seine Lebenslust und sein Humor zum Beispiel und, wusste Elise, sein Glaube an Gott. Und ganz bestimmt seine Freude am Weihnachtsfest, dessen Bilder, Düfte und Klänge den Kaufmann Best an Ereignisse erinnerten, an die er nicht erinnert werden wollte. Weshalb er leider seinem gesamten Hausstand verbot, in irgendeiner Form das Fest zu begehen. Weihnachten gab es nicht im Hause Best. Und Advent natürlich auch nicht. Draußen aber war die Festzeit nur allzu präsent. Denn wenn man mitten in der Altstadt wohnte, so nahe am Christkindchesmarkt, konnte man ihr kaum entgehen.

«Elise! Elise, Potzteufel noch mal! Wir suchen dich überall!»

Elise schrak zusammen, so in Gedanken war sie gewesen. Schwer atmend kam der Vater, den Kopf gebeugt, durch die niedrige Eingangswölbung mit der schmiedeeisernen Gittertür in den Lagerraum. Ernst Wolfgang Best war ein mittelgroßer Mann mit zur Röte neigendem Gesicht, grauen, lockigen Haaren, der Mode gemäß nach vorn gekämmt, die sich in der Mitte etwas lichteten, und einer Nase und einem Kinn, die beide schon immer Überlänge besessen hatten und mit fortschreitendem Alter die Tendenz zeigten, einander näherzukommen. Streng sah Best erst seine Tochter an, dann seine goldene Taschenuhr, dann wieder Elise. «Was treibst du hier unten? Wie siehst du überhaupt aus? Du wirst oben gebraucht, es kommt Besuch. Marsch ab hoch, dass du dich wenigstens ein bisschen hübsch machst.»

«Papa, der Wein … schau her, die Flaschen hier sind alle hin, der Frost …»

«*Merde*, verdammte. Aber mach dich jetzt hoch, ab marsch.»

«Wer kommt denn?»

«Wirst du gleich merken. Jetzt verdammt noch mal hoch mit dir. Wie sehen deine Haare aus? Geh zu deiner Tante, die soll schauen, was sie mit dir anfängt.» Der Kaufmann Best selbst allerdings folgte seiner Tochter nicht, sondern ging mit langen Schritten in die hintere Ecke, um mit eigenem Auge zu begutachten, wie der strenge Winter seine Waren verdarb.

Die Treppe vom Keller ins Erdgeschoss war Elise verhasst. Oft schlüpfrig, liefen die Stufen steil die Wand des Gewölbeeingangs hoch. Auf der Seite, wo keine Wand war, da war auch kein Geländer. Elise hatte als Kind die Kinderlähmung gehabt, nur leicht, aber der linke Unterschenkel war nicht sonderlich gut zu gebrauchen. Fürs gewöhnliche Gehen kam sie gut und ohne Krücken zurecht. Sie konnte sogar schwere Kisten schleppen (na ja, nie mehr als eine auf einmal). Steile Treppen aber waren eine Sache für sich. Wenn Elise vor etwas Angst hatte, dann davor, eines Tages von der Gewölbetreppe zu stürzen und sich alle Knochen zu brechen.

Als sie die Treppe glücklich geschafft hatte, wartete oben in der Diele die verwitwete, kinderlose Tante Lotte, eine lustige, verträgliche Person mit derselben langen Nase wie der Vater. Jetzt zitterte ihr Vogelkopf leicht, was bei ihr Aufregung anzeigte. Die Tante scheuchte ihre Nichte hoch in deren Schlafzimmer, wo sie auf dem Bett schon eins der guten Kleider zurechtgelegt hatte. «Kind», sagte Tante Lotte kopfnickend und hektisch, «ich weiß auch nicht, was dein Vater sich denkt, uns so spät zu informieren. Es ist doch auch gar nicht die Zeit für Besuch, direkt nach dem Mittagessen. Komm, beeil dich, damit ich dich noch frisieren kann.»

«Wer kommt denn überhaupt?», fragte Elise, die das immer noch nicht wusste und sich wunderte, dass die Tante so ernst und nervös schien. Eigentlich pflegte Tante Lotte sich eher über ihren Bruder und seine Launen zu mokieren, als dass sie sich von ihnen das Leben schwer machen ließ.

«Irgendein Pfarrer», verkündete die Tante.

«Wie? Irgendein Pfarrer?»

«Der Wartenstein bringt einen Freund mit.»

Elise machte große Augen. «Wie, und da muss ich unbedingt die Aufwartung machen und danebensitzen?»

Der Pfarrer Wartenstein von der Paulskirche war seit dem Debakel mit Papas zweiter Frau dessen Busenfreund. Genau genommen, seit die Herren festgestellt hatten, dass sie erstens beide gerne Schach spielten, zweitens beide gerne Zigarre rauchten und drittens beide einen gewissen Zynismus gegenüber der Welt pflegten und sich in dieser Haltung wechselseitig wunderbar bestärkten.

«Nicht nur du», sagte die Tante. «Wir sollen beide dabei sein. Line macht Kaffee. Elischen, du solltest dich freuen. Sonst beschwerst du dich doch, dass wir so selten Besuch haben und es so trist hier im Haus ist.»

Inzwischen saß Elise an der Frisierkommode, und die Tante ziepte ihr an den Haaren herum, die bekanntermaßen eine Katastrophe waren: karottenrot und kraus dazu. Elises Haare galten in der Familie neben ihrem lahmen Bein als der Grund, warum sie nicht verheiratet war. Insgeheim sagte sich Elise, es spiele dabei womöglich auch eine Rolle, dass der Vater sie gern zu Hause und beschäftigt hielt. Viel in Gesellschaft kam sie gerade nicht. Jedenfalls seit der Kaufmann Best seine zweite Frau verloren hatte und Elise die Aufgabe zufiel, den Vater als liebende, aufmerksame Tochter und Helferin darüber hinwegzutrösten. Andererseits, man konnte auch nicht gerade sagen, dass sie sich gegen diese Rolle je gewehrt hätte. Im Gegenteil.

«Was sollen wir den Herren denn anbieten?», fragte sie. «Dank Papas Spleen haben wir ja kein Stück Weihnachtsgebäck da.»

«O doch, mein Kind. Ich habe nämlich die Line zum Markt geschickt. Und ich hab ihr gesagt, sie soll lieber etwas mehr nehmen.»

Die beiden Frauen kicherten. Über das Gebäck, das so nun doch noch ins Haus kam, freuten sie sich bestimmt mehr, als der Besuch es tun würde.

Die Straßen waren allesamt eisglatt. Mit einem Schlitten wäre man wahrscheinlich ganz gut vorangekommen. Der Postwagen aus Camberg aber rutschte in jeder leichten Kurve, man bewegte sich im Schneckentempo, und als schließlich nahe Liederbach eines der Pferde ausrutschte, stürzte und sich verletzte, da hatte der beinahe zur Eissäule gefrorene Postillon genug. Er sah nach dem Tier, prüfte die Hufe. Keine Stifte im Eisen und keine Vorsorge gegen das Aufstollen von Schnee. Da rutschte ein Pferd natürlich. Wer hatte das denn verbockt? Notdürftig warf er dem verletzten Braunen eine Decke über. Nicht, dass es helfen würde. Dann stolperte und schlitterte er zu Fuß nach Höchst, statt das gesunde Pferd zu reiten, aus Angst, es könnte ebenfalls stürzen und ihm das Bein abdrücken oder Schlimmeres.

In dem nassauischen Städtchen angekommen, besprach er mit dem Posthalter: Man werde zwar die Kutsche mit Ersatzpferden vom Unfallort abholen und nach Höchst bringen, aber heute nicht mehr bis Frankfurt durchfahren. Die Briefe könnten später zu Fuß gebracht werden, die Pakete am nächsten Morgen mit der Taunusbahn.

Als sie endlich mit der Ersatzbespannung am Unfallort eintrafen, da war das gestürzte Pferd tot. Verletzte starben schnell bei diesen sibirischen Temperaturen. Mit Mühen bekamen sie den Kadaver vom Weg. Dann rasch ab zur Höchster Poststation. Dank der grimmigen Kälte hatte die Post von Camberg nur zwei gebuchte Fahrgäste gehabt. Von denen wollte der eine ohnehin nach Wiesbaden weiter und nicht nach Frankfurt. Und der andere, der Junge – nun, sollte er eben laufen.

Josua war steif gefroren, sodass er in Höchst aus der Berline mehr gehoben und gezogen wurde, als dass er sich selbst bewegte. Seine Füße spürte er gar nicht mehr. Die Hände und das Gesicht schmerzten. Ein fremder Mann, es war nicht der Postillon und auch nicht der Herr aus der Kutsche, stellte ihn auf den Boden und hielt ihn an den Schultern, bis er sein Gleichgewicht gefunden hatte. Es war längst Tag geworden. Josua hörte, wie sein Helfer mit einem anderen Fremden sprach, der am Gehsteig neben einem großen, schwarzkrustigen Schneeberg stand: «Wo geht es sich denn besser, auf dem Leinpfad oder auf der Straß'?»

«Ei, am besten auf dem Fluss natürlich!», sagte der andere, und dann lachten beide lauthals, und Josua hatte das Gefühl, dass sie sich über ihn lustig machten, was ja auch kein Wunder war. So eine elende, verlorene kleine Gestalt wie ihn sahen sie sicher nicht oft. Josua wünschte sich manchmal (zum Beispiel, wenn er sich in der Schule sehr blamierte), dass man sich einfach im Kopf wegdenken könnte. So als ob man gar nicht zu dem Körper und dem Kind gehörte, dem da gerade etwas Dummes widerfuhr. Hieß es nicht, die Gedanken wären frei? Wer zwang sie eigentlich, immer in seinem, Josuas, Kopf zu bleiben? Warum steckten seine Gedanken überhaupt in seinem Kopf, statt frei durch die Welt zu sausen? Von ganz weit oben könnten die Gedanken jetzt über die weiße Schneelandschaft fliegen und alles betrachten und müssten auch gar nicht frieren.

«Naa, komm, das könne mer net mache», sagte jetzt der Mann am Gehsteig. «Net, dass der einbricht, der klaa Bursch. Das Maineis ist tückisch, da wär er nicht der Erste.»

«Ach, der bricht doch net ein. Das Eis ist klafterdick diesen Winter. Da kannst du mit Wagen drüberfahren. Bloß die Knochen könnt er sich brechen, wenn wir ihn übern Fluss schicken. Aber ehrlich gesagt, es ist der sicherste Weg. Da kann er sich net verlaufe.»

«Unsinn, natürlich geht er auf der Straß' wie alle. Vielleicht nimmt ihn da noch einer mit.»

Der junge Mann führte Josua ein gutes Stück weiter, bis die Straße auf eine andere mündete.

«So, das hier ist die Mainzer Landstraß', da geht's nach Frankfurt. Da läufst du jetzt einfach immer geradeaus, dann kannst du's net verfehle. Es sind bloß so fünf Meilen, das Laufen wird dir guttun, da wird dir hübsch warm werden.»

Josua trottete los. Nach einiger Zeit hatte er die Häuser hinter sich gelassen. Doch es wurde ihm überhaupt gar nicht warm. Es war glatt, der Boden uneben, verkrustete Erdwülste wechselten mit geborstenen Eisspiegeln in den Mulden. Immer schlechter kam er voran, stolperte wieder und wieder. Eine unheimliche Stille umgab ihn. Kein Geräusch war zu hören außer dem Knirschen von Eis und Schnee unter seinen Schuhen. Seine Füße waren taube

Klötze, die ihm kaum gehorchten, in den Schuhen geschwollen schienen und bei jedem Schritt einen wehklagenden Schmerz aussandten. Das Gehen fiel ihm schwer, so schwer. Und als er lange schon gegangen war, ewig kam es ihm vor, ganz allein hier draußen auf weiter weißer Flur, ohne irgendeinem Menschen zu begegnen, ohne irgendein Geräusch außer seinen eigenen Schritten, da fragte er sich, wozu er sich überhaupt noch vorwärtsquälte. Er hatte ja gar kein Ziel. Er wusste nicht, was er in Frankfurt sollte. Und überhaupt: Ging es hier nach Frankfurt? Oder hatten die Männer ihn irregeführt? Hatten sie deshalb so viel gelacht?

Josua spürte, dass sich neue Tränen über sein verkrustetes Gesicht schlichen. Er schluckte. Er durfte nicht weinen, das half ihm auch nicht. Die Luft war schrecklich kalt. Er war furchtbar müde, die Glieder waren ihm so schwer. Weiter und weiter schleppte er sich. Bis er beinahe über etwas Schwarzes gestolpert wäre. Es war eine Saatkrähe. Sie lag steif und tot auf dem Rücken. Schwer atmend hielt Josua inne. Als er seinen Blick von der Krähe und dem Stück Weg hob, das unmittelbar vor ihm lag, erschrak er. Hier war ja alles voller toter Vögel. Er sah hoch, direkt neben dem Weg erhob sich in einer Schneewehe der Stamm eines mächtigen Baumes, dessen kahle Äste und Zweige dick mit Eiszapfen behängt waren. Die Vögel sahen aus, als wären sie allesamt erfroren dort heruntergefallen.

Nun, da Josua angehalten hatte, taten ihm die Beine und Füße so sehr weh, und er fühlte sich so schlapp, dass er um keinen Preis mehr weitergehen konnte. Seitwärts ließ er sich in den Schnee fal-

len. Er musste ausruhen, anders ging es nicht. Als er so lag und immer müder wurde, merkte er, dass ihm gar nicht mehr so kalt war. Eher heiß. Unangenehm heiß. Die Haut brannte. Er sehnte sich danach, nur einen Moment ausruhen zu können, für einen Augenblick wenigstens zu vergessen, in welchen Nöten er sich befand und was in den letzten Wochen geschehen war. Nach kurzer Zeit fiel er in einen Halbschlaf voll schwerer Träume.

Der Pfarrer Wartenstein von der Frankfurter Paulskirche (der soeben in der Wohnstube des Kaufmanns Best Platz genommen hatte) war deswegen Pfarrer geworden, weil dies ein Amt mit einem geregelten Einkommen war. Zum Seelsorger fühlte er sich nicht berufen. Auch war er zwar ein ausgezeichneter Theologe, wie er nicht müde wurde zu verkünden, und durchaus gläubig. Für die primitive Volksreligiosität allerdings, die er bei den Schäfchen seiner Gemeinde beobachtete, hatte er gerade deshalb keinerlei Verständnis. Eben wieder ereiferte er sich über die Tannenbäume, die vor dem Römer feilgeboten wurden. «Der Lichterbaum», rief er, «ein Kultobjekt des Heidentums, wie es im Buche steht, nicht wahr! Und dann entblöden sich die Leut nicht, das Ding neuerdings blasphemischerweise Christbaum zu nennen! Nicht wahr, Best?»

Der Kaufmann Best nickte pflichtschuldig. Er pflegte seinem Freund in theologischen Fragen stets zuzustimmen. Zum einen, weil alles andere zwecklos gewesen wäre. Zum anderen, weil gerade diejenigen theologischen Fragen, die den Pfarrer Wartenstein umtrieben, ihn, Best, herzlich wenig interessierten.

«Ach, du bist viel zu streng mit den Leuten», mischte sich nun endlich der kleine, dürre, kahle Herr ein, den Wartenstein mitgebracht hatte und zu dessen Ehren das adventliche Kaffeegelage veranstaltet wurde. «So ein Baum erwärmt das Gemüt im Winter», fuhr der kleine Mann fort, «und wenn die Menschen ihn Christbaum nennen, dann zeigen sie damit bloß, dass sie das Herz am rechten Fleck haben.»

«Dein Wort in Gottes Ohr», höhnte Wartenstein. «Aber wir sind uns ja im Prinzip einig, die Menschheit ist nun einmal nicht reformierungsfähig, neigt dem goldenen Kalbe zu, und man muss sie nehmen, wie sie leider ist, nicht wahr.»

«Zählst du auch dies Marzipangebäck hier zu den goldenen Kälbern?», fragte der kleine dürre Mann verschmitzt und deutete auf das golden glänzende Bethmännchen, nach dem Wartenstein griff. Der sah verdutzt drein, dann lachte er auf. «Die heißen aber Bethmännchen und nicht Christmännchen, nicht wahr», verteidigte er sich. «Und ich wüsste nicht, in welchem heidnischen Kult Plätzchen eine Rolle spielen. Nein, Gebäck ist theologisch ganz unproblematisch. Die Lichterbäume hingegen, wie ich sagte, reines Heidentum und Blasphemie. Freund Best hier sieht das genauso. In diesem Haus habe ich noch keinen Lichterbaum gesehen.»

Fräulein Elise und ihre Tante wechselten einen Blick. Was

hatte es im Hause Best früher für schön geschmückte Tannenbäume gegeben! Der Pfarrer Wartenstein hatte höchstwahrscheinlich keine Ahnung von den wahren Gründen, um deretwillen sein Freund Best das Haus frei von Weihnachtsschmuck hielt.

«Welches Weihnachtsgebäck mögen denn Sie am liebsten?», fragte die Tante den von Wartenstein mitgebrachten Gast zur Ablenkung. «Wir müssen ja wissen, womit wir Sie erfreuen können, damit Sie uns noch öfter beehren, solange Sie in Frankfurt sind!» Dabei stieß die Tante unauffällig Elise in die Seite. Die beiden Frauen saßen auf dem taubenblau bespannten Sofa, die Herren in den dazugehörigen Ohrensesseln, und in ihrer Mitte stand ein polierter, warmgelber Holztisch mit Einlegearbeiten, den vor über dreißig Jahren Elises Mutter mit in die Ehe gebracht hatte, wie auch die biedermeierliche Sitzgarnitur.

Der kleine Mann, er hieß übrigens Gehling, ließ seinen Blick über den Tisch schweifen. Da lagen auf einem Teller Bethmännchen und Brenten einträchtig nebeneinander, da gab es in Butterschmalz gewälzte Stollen und Baumkuchen, auch Prügelkuchen genannt, und natürlich durften die Lebkuchen nicht fehlen (zu Elises Ehren hatte Line Elisenlebkuchen geholt). Kurz, es lag hier viel zu viel Naschwerk für die fünf Personen, die sie nur waren. «Ich vermisse nichts», sagte Gehling höflich.

«Doch, das tun Sie», lachte Elise. «Ich hab es Ihnen genau angesehen. Was ist also Ihr Lieblingsgebäck?»

Gehling lachte ebenfalls. «Also nein, Fräulein Best, zu liebenswürdig, aber ich bin wirklich ganz zufrieden.»

«Wer's glaubt, wird selig», neckte übermütig die Tante. «Meine Nichte hat recht. Ihr Lieblingsweihnachtsgebäck ist nicht dabei. Immer nur raus mit der Sprache.»

«Ich mag die böhmischen Kipferl», gestand das graue Männchen ein wenig verschämt. «Zu Hause in Dingelstedt bekomme ich sie nicht, aber ich hatte gehofft, hier in Süddeutschland ...»

«Da hoffen Sie ganz richtig. Meine Nichte und ich, wir werden Ihnen Vanillekipferl backen, dass Ihnen Hören und Sehen vergeht, die werden Ihnen auf der Zunge zerschmelzen. Fest versprochen.»

Die Tante ignorierte dabei den entnervten, entsetzten Blick ihres Bruders. Das Rezept für die besten Vanillekipferl des ganzen

Deutschen Bundes stammte von seiner ersten Frau, Elises Mutter, und Kipferl waren die Weihnachtsspezialität des Hauses gewesen, bis Ernst Wolfgang Best festgestellt hatte, dass er Kipferl partout nicht mehr ertragen konnte, wegen der düsteren, quälenden Erinnerungen, die diese nun bei ihm hervorriefen.

Der Gast Gehling konnte seine Freude nicht verhehlen und bedankte sich artig. Dann fragte ihn die Tante, wie es denn eigentlich komme, dass er als Pastor von seiner Pfarrei jetzt in der Adventszeit abkömmlich sei? Der kleine Gehling druckste herum. Er werde in Dingelstedt vom Vikar vertreten. Es seien in seiner Familie leider gewisse Umstände eingetreten, äh, vielmehr, er sei jetzt hier im Frankfurterischen unterwegs, um einige Familienangelegenheiten neu zu ordnen, nachdem seine Frau, übrigens von hier gebürtig, vor kurzem verstorben sei und ihn mit fünf Kindern allein zurückgelassen habe.

Kurz herrschte ein betretenes Schweigen, zumal der Pfarrer Gehling den Eindruck vermittelte, dass ihm dieses Geständnis peinlich sei. Dann erklärten Elise und die Tante gleichzeitig, wie leid ihnen Gehlings Verlust tue, worauf dieser etwas Unverständliches murmelte und das Thema wechselte. Er wandte sich an seinen Vetter Wartenstein und fing wieder von den Christbäumen an.

«Übrigens, meiner Ansicht nach kommt die Sitte mit den Bäumen nicht von der Anbetung einer heidnischen Sonnengottheit.»

«So?», sagte Wartenstein und kräuselte die mächtigen Brauen. «Ich würde doch sagen, der Zusammenhang der Lichter mit der

Sommersonnenwende und dem römischen Fest *Sol Invictus* ist offensichtlich?»

«O nein. Ich glaube, die Lichter sind nur zusätzliche winterliche Dekoration. Das Eigentliche sind die Äpfel. Man hat doch früher an Heiligabend Paradiesspiele aufgeführt, weil der 24. Dezember der Namenstag von Adam und Eva ist. Der Baum stellte den Baum der Erkenntnis dar. Und weil er so schön war, ist er übriggeblieben, auch als man von den Paradiesspielen abkam und zu Krippenspielen überging.»

«Das mag sein, wie es will», schnaubte Wartenstein. «So oder so hat dieser Baum mit dem Weihnachtsfest nicht das Geringste zu schaffen.»

«Doch», wagte Elise, bedacht von einem kritischen Blick ihres Vaters. «Doch, der Baum hat schon etwas mit dem Fest zu tun. Er steht für die Freude an der Geburt Christi. So habe ich das jedenfalls immer empfunden.»

«Das sehe ich ganz ähnlich, liebes Fräulein», sagte der kleine, kahle Gehling und beugte sich mit derart eindringlichem Blick zu Elise vor, dass es der ein bisschen unheimlich wurde.

«Schluss mit den Sentimentalitäten», donnerte der Vater. «Gehling, erzählen Sie uns doch –»

An dieser Stelle wurde der Kaufmann Best unterbrochen, und zwar von Line, einer seiner beiden Hausangestellten.

«Es tut mir leid, dass ich störe, der Herr», sagte Line nervös. «Aber da ist jemand an der Tür, und ich weiß nicht … es sind halt Bettler. Sie fragen um Brennholz oder etwas Geld.»

«Ja, dann schicken Sie die Leut zum nächsten Haus weiter», sagte Best unwirsch.

Line verschwand. Die Tante räusperte sich, und für einen Moment fiel niemandem etwas zu sagen ein.

Nachdem die Gäste gegangen waren, bestellte der Vater Elise zu einem Gespräch ein. Oder war es ein Verhör? Er erwartete sie in seinem winzigen Schreib- und Rauchzimmer. Auf dem klobigen Schreibtisch, hinter dem er saß, brannte nach seiner Gewohnheit eine Öllampe. Es war noch Tag, aber hell konnte man es nicht nennen. Das Fenster des Zimmerchens ging auf eine zugebaute Veranda an einem winzigen, düsteren Hinterhof.

«Was hältst du von Gehling?», begann der Vater. «Ich hatte den Eindruck, du verstehst dich gut mit ihm.»

Elise wunderte sich über die Frage. «Er ist ganz nett, glaube ich.»

Der Vater nickte bedächtig und betrachtete seine Zigarre. «Wartenstein erzählt seit Jahren nur Gutes über ihn», verkündete er, zündete die Zigarre an, sog und paffte eine Rauchwolke aus und dann eine zweite. «Gehling sucht eine neue Frau», sagte er schließlich. «Er hat angeboten, dich zu heiraten. Ich habe gesagt, dass mir das sehr recht wäre. Ich würde sagen, das ist die allerletzte Gelegenheit für dich. Um nicht zu sagen: die einzige, die du jemals bekommen hast und wirst.»

Elise wurde es heiß und kalt. Eine ganz leise Ahnung hatte sie gehabt. Dennoch fühlte sie sich vollkommen überrumpelt.

Eine Stimme in ihr sagte: Nein, um Himmels willen! Doch nicht diesen kleinen, kahlen alten Mann!

Eine andere sagte: Aber er ist wirklich ganz nett. Und wie steht es mir zu, mit meinem lahmen Bein und meinem Wischmopp von Haaren, Wert auf Äußerlichkeiten zu legen?

Eine dritte Stimme sagte: Dann wäre ich endlich verheiratet wie alle meine Jugendfreundinnen, dann würde ich endlich als erwachsene Frau anerkannt und müsste hier nicht ständig meinem Vater die folgsame Tochter spielen. Sogar Kinder könnte ich haben.

Und dann, als sie fast schon glaubte, sie würde zustimmen, kam die Angst. Wollte sie denn mit einem Fremden allein in Norddeutschland sein, wo sie niemanden kannte? Wollte sie wirklich nicht nur Tisch, sondern auch Bett mit dem ältlichen Männchen teilen? Wie alt war Gehling überhaupt, so um die fünfundfünfzig doch mindestens?

«Papa, du brauchst mich doch hier», brachte Elise schließlich hervor. «Ich meine, das Geschäft, ich kann doch gar nicht weg.»

«Du überschätzt dich kolossal», sagte Best grob. «Ich komme bestens ohne dich zurecht.»

Das tat weh. Richtig weh. Seit Jahren hatte Elise es als ihre Lebensaufgabe gesehen, ihrem Vater im Geschäft zur Hand zu gehen, nicht anders, als es ein Sohn getan hätte. Nun das. Sie stand auf, die Knie zitterten ihr. «Ich denke über Gehling nach», murmelte sie, raffte ihren Rock und entschwand. Der Vater sollte nicht wissen, wie tief er sie getroffen hatte.

In ihrem Zimmer, auf dem Polsterstuhl am erloschenen Kamin sitzend, musste sie sich arg beherrschen und vielfach schlucken, um nicht in Tränen auszubrechen. Es fühlte sich fast an, als hätte der Vater ihr mit seinen letzten Worten die Heimat genommen. Konnte sie denn überhaupt hierbleiben, da sie nun wusste, dass er ihre Hilfe so wenig schätzte und sie eigentlich loswerden wollte? Konnte sie weitermachen wie bisher?

Es klopfte an der Tür. Die Tante, wer sonst?

«Hat er es dir gesagt?», fragte sie.

«Du wusstest es?», warf ihr Elise vorwurfsvoll entgegen.

«Erst seit heute Mittag», beschwichtigte die Tante.

«Wie, stand das schon fest, bevor der Gehling mich überhaupt gesehen hat?»

«Wartenstein hatte ihm wohl von dir erzählt», sagte die Tante vorsichtig, «und dass du eine passende Partie wärest.»

Elise sprang auf. Das war ihr alles hinten und vorne nicht recht. Sie tat zwei Schritte zum Fenster, das von Eisblumen überzogen war. «Ich gehe ein bisschen spazieren», entschied sie spontan. Das tat sie üblicherweise, wenn sie nachdenken wollte oder ihre Seele einfach ein bisschen Luft brauchte. Es war nur leider nicht das richtige Wetter dafür. Was auch die Tante sofort bemerkte. «Kind, tu's nicht, es ist doch viel zu kalt!»

«Ich bleibe nicht lange weg», sagte Elise, «und ich ziehe mich warm an.»

Sie bezweifelte bloß, bei der Kälte frei denken zu können. Außerdem würde es bald schon dunkel werden.

❄

Am Christkindchesmarkt brannten Öfen und ein paar offene Feuer, sodass es Elise dorthin zog, weit war es ja nicht. Die Luft war beißend, aber das war diesen Winter in der ganzen Stadt so. Aus jedem Schornstein kamen braune oder schwarze Schwaden und zogen der Windstille wegen nicht ab. Elise ließ sich einen Glühwein geben, schlenderte, das heiße Glas in der Hand, die Buden entlang. Buntes Kinderspielzeug, wohin man blickte. Nussknacker, Stoffpuppen, Steckenpferde. Soldaten und Festungen, Puppenhäuser und Puppenmöbel. Niemals würde sie Kinder haben können, wenn sie jetzt nicht ja sagte zu Gehlings Angebot. Aber musste es denn so schnell gehen? Konnte er ihr nicht Zeit lassen? Sie kannte ihn doch überhaupt nicht.

Elise dachte an ihre Jugendschwärmerei. Als sie vierzehn, fünfzehn gewesen war, hatte sie einen Burschen aus dem Gymnasium angehimmelt, obwohl sie ihn nur vom Sehen kannte und nicht mal den Namen wusste. Jede ihrer Freundinnen hatte ebenfalls einen, in den sie verliebt war. Gemeinsam lungerten die Mädchen, falls es die strenge häusliche Aufsicht erlaubte, in der Nähe des Schultores am Arnsburger Hof herum, wenn der Unterricht beendet war und die jungen Herren in Grüppchen herauskamen. Elises Schwarm war groß, dunkel und sah ein bisschen wie ein

Künstler aus. Eines Tages war es leider passiert, dass ausgerechnet er laut über sie hergezogen war: Hässliche Hinkeliese hatte er sie genannt. Hässliche Hinkeliese mit dem roten Wischmoppkopp. Das hatte gesessen. (So wie vorhin die abfällige Bemerkung ihres Vaters über ihre Arbeitsleistung gesessen hatte.) Besonders weh hatte es getan, weil der Junge, ohne wohl zu ahnen, dass sie tatsächlich so hieß, ihren Namen Elise in seine Beschimpfung eingebaut hatte. Natürlich hatte er recht: Sie war eine hässliche Hinkeliese und ihre Haare eine Katastrophe. Aber er, er war nicht einmal nett. Ein netter Mensch hätte diesen Gedanken nämlich für sich behalten.

Drei Monate hatte Elise danach in Trauer verbracht. Es durfte nur niemand merken, wie es ihr ging. Sie musste es weglachen vor den Freundinnen, weil sie sich ansonsten noch mehr geschämt hätte. Danach war Elise lange nicht mehr verliebt gewesen. Die süßen Träume waren nicht mehr süß, weil sich immer die bittere Wahrheit hereinschleichen wollte, dass wahrscheinlich auch der nächste Angebetete nichts anderes in ihr sehen würde als die hässliche Hinkeliese.

Das nächste Mal, als sie sich ein Gefühl für einen Mann erlaubte, endete ebenfalls böse. Carl hatte er geheißen, Carl Wagner. Carl war ihres Vater Lagerarbeiter, breit und stark gebaut, wenn auch eher klein. Er sprach nicht viel, aber wenn er sprach, hatte es Hand und Fuß, und er hatte eine ernste, ruhige, freundliche Art, die Elise sehr anzog. Sie beide hatten sich, wie man so sagt, gut verstanden, bei den alltäglichen Dingen, die sie miteinander zu tun hatten, und Elise hatte vermutet, dass er sie ebenfalls mochte. Manchmal, wenn er sich mittags hinsetzte und seine Stulle herausholte, setzte sie sich dazu, und er brach ihr ein Stück von seinem Brot ab, und sie redeten so dies und das. So ging das ungefähr zwei Jahre, und Elise merkte, wie sie sich wünschte, ihm so oft wie möglich nahe zu sein. Grüne, wache Augen hatte er mit Lachfältchen drumherum, und seine starken Unterarme waren im Sommer braun gewesen, und wenn die Sonne daraufschien, hatten feine goldene Härchen aufgeleuchtet. So vieles an ihm war ihr geliebt und vertraut. Eines Tages war es dann passiert, eigentlich wusste sie nicht, wie, sie waren auf einer Türschwelle miteinander kollidiert, hatten gelacht, und dann hatten sie plötzlich einander in den Armen gelegen und begonnen, sich zu küssen, erst vorsichtig, dann immer leidenschaftlicher. Eine Weile hatten sie ganz versunken in ihre Umarmung und die Küsse miteinander auf dieser Türschwelle gestanden, und dann war geschehen, was bei Elises Pech geschehen musste: Der Vater hatte sie erwischt. Den gellenden Wutschrei hatte Elise heute noch im Ohr, den der Vater ausstieß, bevor er sie beide auseinanderriss und herumbrüllte, wie sie es nur ein einziges Mal sonst erlebt hatte (nämlich, als er eines Heiligabends auf der Suche nach seiner zweiten Frau im Schlafzimmer den Abschiedsbrief entdeckte, worin sie verriet, dass sie ihn für immer verlassen habe).

Als der Vater schrie, dies sei Carls letzter Tag in seinem Geschäft gewesen, da dachte Elise noch, er werde sich wieder beruhigen und dies werde nicht so heiß gegessen, wie es gekocht worden sei. Er konnte doch nicht wegen einer Kleinigkeit seine bewährte Kraft vor die Tür setzen! Der Vater aber ereiferte sich derart in seiner rasenden Wut, er drohte sogar mit den Gendarmen, wenn Carl nicht *stante pede* auf Nimmerwiedersehen Haus und Geschäft verlasse.

Carl ging ohne jede Widerrede, Elise einen letzten, undeutbaren Blick zuwerfend. Noch am selben Nachmittag wurde ihm die Kündigung zugestellt. Elise aber wurde ins Rauch- und Schreibzimmer zitiert (dasselbe, in dem ihr heute so unromantisch Gehlings Heiratsantrag ausgerichtet wurde). Der Vater giftete, nunmehr leiser, wie blöd sie eigentlich sei, sich auf ein Techtelmechtel mit einem Angestellten einzulassen. Ob sie denn nicht wisse, dass es dem Wagner nicht um sie gehe, sie sei dem nämlich schnurzegal, sondern der Wagner sei einzig und allein auf Geld und die Firma aus. Der hinterhältige Lump, der durchtriebene. Herrgott, sie glaube doch nicht wirklich, dass ein Mann sich in sie verlieben würde mit ihrem Hinkefuß und dem roten Kraushaar? Er hätte sie wirklich für klüger gehalten!

Drei Jahre war das jetzt her. Sie hatte Carl danach nie mehr gesehen noch von ihm gehört. Keinen Brief hatte er geschrieben, nichts. Doch Elise wollte manchmal auch heute noch nicht wahrhaben, dass er sie nur ausgenutzt hatte. Wenn es alles reine Berechnung gewesen wäre, das hätte sie doch merken müssen, oder?

Unwillkürlich zog Elise jetzt einen Vergleich zwischen Carl und dem Pfarrer Gehling. Nichts, aber auch gar nichts lockte sie, mit Gehling auf Türschwellen zu stehen und Liebkosungen auszutauschen. Wie viel Zärtlichkeit würde er von ihr erwarten? Vielleicht sollte es nur rein platonisch sein und sie ihm die Hausfrau spielen. Aber dann wäre es mit den eigenen Kindern auch wieder nichts …

Apropos Kinder. Wie viele Kinder hatte Gehling noch gleich? Drei, vier, fünf? Sie hatte es sich nicht richtig gemerkt. Was würden die Kinder davon halten, wenn sie nun ins Haus kam und ihnen die Mutter ersetzen sollte? Als ihr eigener Vater damals seine zweite Frau heiratete, hatten sie und ihre Schwester Bärbel das nicht gerade goutiert. Sie hatten der Neuen ganz schön das Leben schwer gemacht. Nur schlecht ertrugen es die Schwestern, wie der Vater seine junge Frau den ganzen Tag gockelgleich umschwänzelte. (Würde Gehling sich auch so aufführen?) «Er benimmt sich wie ein geiler alter Bock», hatte Bärbel, die kein Blatt vor den Mund nahm, Elise einmal zugeflüstert. Die Best-Schwestern hatten sich immer wieder gefragt, ob der Vater denn in seine erste Frau, ihre Mutter, auch so verliebt gewesen war. Das Getue um die Neue war ihnen jedenfalls unerträglich. Bärbel, die jüngere, weder mit einem Hinkebein noch mit einem karottenfarbenen Wischmopp auf dem Kopf gestraft, hatte sich bei der ersten Gelegenheit aus dem väterlichen Haus davongemacht. Mit achtzehn Jahren hatte sie geheiratet und war heute wohlversorgte Kaufmannsgattin und dreifache Mutter. Die Geschwister hatten nur noch wenig Gemeinsames zu bereden und sahen sich nicht oft. Genauso war es mit Elises alten Freundinnen. Nach Bärbels Heirat war zum Glück die verwitwete Tante ins Haus Best eingezogen. Dank Tante Lotte war Elise nicht ganz so einsam.

Konnte die Schwester ihr raten? Ach, Bärbel würde jetzt im Familienkreis am Kamin sitzen und nicht allein zu sprechen sein. Leider fror Elise allmählich, obwohl sie noch gar keine Lust hatte, wieder nach Hause zu gehen. Seufzend gab sie ihr Glühweinglas zurück und verließ den Christkindchesmarkt. Sie bog in die Saalgasse ein, so halbwegs Richtung Tuchgaden.

Plötzlich spürte sie Ärger. Mit welchem Recht hatte sich eigentlich der Vater über sie und Carl aufgeregt? Für des Vaters zweite Frau galt doch genau das, was er wegen Carl *ihr* vorgeworfen hatte! Helena Kalter hatte den Vater um seines Geldes willen geheiratet, aus Not vielleicht sogar, nach allem, was Elise wusste. Keine zwanzig war Helena bei der Hochzeit gewesen, eine wirklich schöne junge Person mit großen, strahlenden Augen und einer pudrigen feinen Porzellanhaut und einem Gesicht wie aus einem italienischen Gemälde. Ihr Vater hingegen war bei der Heirat ungefähr so alt gewesen wie Gehling jetzt. Natürlich hatte Helena den Kaufmann Best nicht geliebt. Und da wirft der Vater ihr, Elise, vor, wie sie nur so blöd sein könne zu glauben, dass der Carl Wagner sie liebe, dem gehe es nur ums Geld?

Ach nein, Elise konnte jetzt noch nicht nach Hause zurück. Sie war zu aufgewühlt, zu unschlüssig auch betreffs Gehling. Vielleicht hatte Schwester Bärbel ja doch Zeit für ein *Tête-à-Tête*, wenn es um eine so wichtige Angelegenheit ging. Kurz entschlossen bog Elise zum Main ab.

Als sie durchs Geistpförtchen auf den Kai trat, saß hinter dem Torbogen eine Ringeltaube im Schnee, die an etwas pickte. Es war eine Brente. Eine Brente mit einem eingemodelten Herzen. Ein Herz für die Liebe? Elise überkam der Gedanke, dies könne ein Zeichen sein. Doch wofür? Dass sie den Gehling lieben lernen würde? Dann schalt sie sich töricht. Ein eiskaltes Marzipanherz auf dem Boden hatte mit ihrem Leben nun wirklich nichts zu tun.

Gleich danach geschah denn auch etwas, das, wenn überhaupt, eher als böses Omen zu werten war. Es war furchtbar glatt am Mainkai. Elise, inzwischen mit vor Kälte tauben Füßen, tapste unsicher bis zum Kaigeländer, das ebenso wie in der Ferne die Brücke dicht an dicht mit Eiszapfen behangen war. Hier angekommen, hielt sie sich fest und warf kurz einen Blick übers Wasser. Der Mainsandstein der Brücke glänzte warm im Licht der untergehenden Sonne; das Eis strahlte, als leuchte es von innen.

Das Kaigeländer ließ sich wegen der Eiskruste nicht gut anfassen. Doch besser als kein Halt war es allemal. Elise hangelte sich daran entlang Richtung Untermain. Die rote untergehende Sonne schien ihr entgegen, blendete sie und kitzelte in der Nase, während sie mit gekniffenen Augen den Schlittschuhläufern auf dem Fluss zusah. So erkannte sie zunächst nicht, dass ihr auf der Fahrbahn ein kleiner Brauereiwagen entgegenkam, gezogen von nur einem einzigen mächtigen Kaltblüter, auf den sie erst aufmerksam wurde, als sie am Rand ihres Blickfelds eine ruckartige Bewegung bemerkte. Gleichzeitig erklang ein Schrei. Erschrocken blickte sie hin, da war gerade einmal drei, vier Schritt von ihr entfernt der riesige Kaltblüter ins Straucheln geraten. Das Pferd fing sich wieder. Nun aber rutschte der kleine Fasswagen, den es zog, zur Seite, schlug gegen den Bordstein und kippte; dies wiederum brachte neuerlich das schwere Pferd ins Torkeln, bis es fiel. Elise stolperte ein paar Schritte zurück, um sich vor dem tonnenschweren Zugtier in Sicherheit zu bringen. Das arme Pferd landete auf dem Fußsteig, schlitterte mit dem Schwung des eigenen Gewichtes gegen das eisverkrustete Geländer, dieses brach, und das Tier rutschte halb über den Abgrund. Einen Augenblick hing es in der Balance. Dann brach ein weiterer Geländerstreben unter dem Gewicht. Das Pferd ging über die Kante, der Wagen hinterher. Man hörte einen dumpfen Aufschlag, entweder aufs Eis oder die Anlegestelle oder beides. Elise verspürte kein Bedürfnis, sich an den Abgrund zu stellen und nachzusehen. Sie zitterte am ganzen Leib, der Schweiß brach ihr aus. Was für ein furchtbares Erlebnis. Da sah sie den Kutscher. Er war zu seinem Glück rechtzeitig vom Wagen gefallen oder gesprungen und lag als elendes Häufchen auf dem Kai. Elise ging vorsichtig hin und hockte sich zu dem jungen Mann, der fast noch ein Bursche war. «Wie geht es Ihnen? Sind Sie verletzt?»

«Glaub schon», ächzte der Jüngling. Da fiel plötzlich ein Schatten auf sie und aufs Pflaster. Elise sah hoch und wurde sprachlos. Da stand Carl Wagner. Anders gekleidet, als sie ihn kannte. Aber eindeutig Carl. «Elise», sagte er ruhig, «geh nach Hause ins Warme. Ich kümmere mich um die Schwierigkeiten hier.»

Später fragte sich Elise, warum sie nicht geblieben war und wenigstens ein, zwei Worte mit Carl gewechselt hatte, ihn gefragt, was er so treibe heutzutage und wie es ihm ging. Er hatte sie vertraut genug angesprochen. Doch es war wohl erstens die Überrumpelung zu groß. Zweitens hörte sie von dem, was Carl sagte, vor allem eines: Geh! Mit anderen Worten, er wies sie fort, und da wollte sie nicht bleiben und ihm lästig fallen.

Elise ging jedenfalls ohne ein weiteres Wort. Weil sie Carls Augen im Rücken wie Eisnadeln spürte, bog sie bei der erstbesten Gelegenheit, nämlich der Leonhardspforte, weg vom Kai. Sie war in Aufruhr. Kein klarer Gedanke wollte sich fassen lassen. Warum musste sie ausgerechnet heute Carl wiedertreffen? Und warum ausgerechnet auf diese Weise? So sehr war sie in Grübeleien vertieft, dass sie nicht gleich reagierte, als sie am Leonhardskirchhof angesprochen wurde.

«Fräulein? – Fräulein?»

Die da sprach, war selber eine junge Frau, weit jünger als Elise, ein Mädchen noch. Sie trug einen dunkelblauen Wollmantel, der ihr viel zu groß war und wie ein Herrenmantel aussah, ein Uniformmantel ohne Schulterstücke wohl gar; um den Kopf hatte sie ein großes wollenes Tuch in Grün geschlungen. Ihre Wangen, Nase und Kinn waren rot vor Frost. Ein wenig wirkte das Mädchen in seinem zusammengewürfelten Aufzug wie eine Bettlerin. Im Hintergrund sah Elise einen dunkelhaarigen Jungen mit einer schiefen Mütze zusammengekauert auf dem Boden sitzen. Zigeuner?

«Ja?», sagte Elise.

«Fräulein, können Sie mir vielleicht helfen? Ich bin heute von Höchst nach Frankfurt gelaufen, und da hab ich unterwegs diesen Jungen gefunden, wie er schlafend im Schnee lag und fast erfroren war. Irgendwie hab ich ihn hierherbekommen. Nun müsste er aber dringend ins Warme, wenn er nicht doch noch erfrieren soll. Er ist wohl ein Waisenjunge, das heißt, ganz frisch verwaist. Er sagt, heute Nacht wäre er aus Camberg von seinen Verwandten nach Frankfurt losgeschickt worden, wo er einen Onkel haben soll, den er aber gar nicht kennt. Er hat einen Brief an den Onkel dabei, doch an der Adresse auf dem Umschlag macht uns niemand auf, und ich weiß nun nicht mehr, was ich tun soll. Ich selbst wollte eigentlich heute noch Richtung Darmstadt weiter, nun bin ich durch den Jungen so lange aufgehalten worden und ganz erschöpft … bitte, könnten Sie irgendwie helfen?»

Elise überlegte nicht lange. Aus der Stimme des Mädchens klang ehrliche Not und Verzweiflung. Bei der Kälte keine Unterkunft zu haben war sicher schlimmer als jede von Elises eigenen Sorgen. Zudem, die junge Frau hatte so beherzt dem Jungen geholfen, obwohl sie selbst nicht in der besten Lage war. Nun war es eben an Elise, sich hilfreich zu zeigen. Dumm, dass sie an Geld nur zwei, drei Kreuzer dabeihatte.

«Wie heißen Sie?», fragte Elise das Mädchen.

«Marie Rössler. Ich bin aus Umstadt und auf dem Weg nach Hause. Ich … ich war in Wiesbaden in Dienst.» Das Mädchen erwähnte den Dienst in Wiesbaden mit einem so verschämten Gesichtsausdruck, dass Elise ahnte, mit dieser Auskunft stimmte etwas nicht. Oder vielleicht war die junge Frau von der Herrschaft hinausgeworfen worden und schämte sich deshalb. Der Mantel, der gehörte doch nicht ihr. Erbettelt? Erstohlen?

Elise ging zu dem Jungen, der apathisch am Bordstein kauerte. Auf den ersten Blick begriff sie, der Junge war derart unterkühlt, hier ging es wirklich um Leben und Tod.

Sie ging in die Hocke. «Wie heißt du denn?», fragte sie sanft. Das Kind, das ins Nichts gesehen hatte, blickte kurz auf. Leichenblass war es bis auf die Nase und das Kinn und die Ohren, die Frost abbekommen hatten und sich noch übel entzünden würden. Salz- oder Eiskrusten bedeckten stellenweise das Gesicht.

«Josua», sagte das Kind leise. Der Name hallte nach in Elise. Josua! Vorhin beim Kaffee, als die Pfarrer Wartenstein und Gehling übers Weihnachtsfest disputierten, da war vom Namen Christi die Rede gewesen. Jesus sei eine griechische Form von Josua, hatte es da geheißen, und übersetzt bedeute der Name: Der Herr errette uns. Elise fühlte plötzlich eine große Zärtlichkeit für den Jungen, und eine große Sicherheit, was hier zu tun war. Retten, das war jetzt ihre Aufgabe.

«Ich nehme Sie beide mit zu mir nach Hause», entschied sie und richtete sich auf.

«Du lieber Gott, danke, danke, Fräulein!», sagte das Mädchen, das Marie hieß, und hockte sich sofort ihrerseits vor den Jungen. «Schätzelchen, glaubst du denn, du kannst wieder laufen?»

Der Junge Josua schüttelte den Kopf. Er hatte Tränen in den Augen. «Na, dann», seufzte das Mädchen, streckte die Arme aus, schob sie dem Jungen unter Schultern und Knie und wuchtete ihn stöhnend hoch. «Ich hab ihn nämlich den ganzen Weg getragen, seit ich ihn gefunden hab», keuchte sie, als sie stand. «Ich kann kaum noch.»

«Es ist nicht so weit», sagte Elise, «aber kommen Sie, lassen Sie mich das machen.»

Sie nahm Marie den Jungen ab, der kraftlos in ihren Armen hing und sich rundherum kalt anfühlte. «Aber Sie hinken ja!», rief Marie, sobald Elise zwei, drei mühsame Schritte auf dem glatten Untergrund gegangen war.

«Ich kann trotzdem laufen», gab Elise etwas schroff zurück.

«Nein, bitte, Sie werden hinfallen, es ist so glatt!», rief Marie. «Lassen Sie mich, solange mir nicht gerade die Arme abfallen!»

«Ich bin mein Hinkebein gewohnt, und auch Lasten zu tragen», sagte Elise. «Haken Sie sich einfach an der Seite ein und stützen Sie mich, falls ich rutsche.»

So kamen die drei keine zehn Minuten später im Tuchgaden an. Line, das alte Hausmädchen, staunte sehr, als es die Tür öffnete. «Ei, was ist denn das?», platzte es hervor. (Line kannte Elise etwas zu lange, um förmlich zu sein.) «Gäste», sagte Elise. «Die Herrschaften bekommen bei uns eine Notunterkunft für heute

Nacht. Der Junge hat sich verkühlt, Line. Machen Sie doch eine Wärmflasche fertig oder zwei, und ich denke, eine heiße Brühe kann er auch gebrauchen.»

Als es die Treppe hochging, ließ Marie sich nicht mehr abweisen und übernahm das Tragen. Oben legten sie das Kind in Elises Bett und zogen ihm nach und nach die teils steifgeforenen, ja an die Haut angefrorenen Kleider aus. Die Schuhe bekamen sie kaum ab. «Du lieber Gott», hauchte Elise, als sie die Füße sah. Die meisten Zehen waren blaurot und zu dicken Blasen geschwollen.

«Oje, das ist Frost, das sieht schlimm aus», sagte Marie. «Kein Wunder, Schätzelchen, dass du nicht laufen konntest.»

Elise beeilte sich, ein Feuer zu machen. Marie fragte, ob sie in der Küche helfen solle, und Elise stimmte zu. Etwas später kamen Line und Marie gemeinsam hoch, brachten Wärmflaschen und heiße Brühe und Reste von Gebäck von heute Mittag. Als Line nun ihrerseits Josuas Füße sah, rief sie: «Jesses, was Frostbeulen! Der braucht einen Arzt. Was macht mer da, Quecksilbersalbe?»

«Ich glaube auch, ich gehe einen Arzt holen», sagte Elise. «Ich fürchte nämlich, du bekommst auch Fieber, stimmt's, Bübchen?» Sie fasste Josua an die Stirn. Richtig, da entwickelte sich etwas. Außerdem hatte er eben ein paarmal trocken gehustet, und das hatte sich gar nicht gut angehört. Elise griff nach Umhang und Muff. «Marie, Sie versuchen unterdessen, dem Jungen was einzuflößen. Und dann sehen Sie selber zu, dass Sie was in den Magen bekommen.» Sie staunte, wie bestimmt und tantenhaft sie sich plötzlich anhörte. Sonst war ja eher sie es, die von anderen Anweisungen erhielt.

Just jetzt musste natürlich vom Treppenhaus Tante Lotte rufen: «Elise? Elise?»

Auf in den Kampf, dachte Elise, verließ rasch ihr Zimmer, schloss die Tür und ging der Rufenden entgegen.

Sie traf die Tante auf der Treppe, komplimentierte sie gleich wieder nach unten und erklärte ihr in der Diele, was los sei.

«Aber … du kannst doch nicht einfache wildfremde Leute …», wandte Tante Lotte ein.

«Doch, Lottchen, das kann ich», sagte Elise und bekam einen Schreck, dass ihr das «Lottchen» herausgerutscht war. Sonst nannte nur der Vater die Tante so. «Was ich nicht kann», fügte sie schnell hinzu, «das ist, ein Kind in Not und seine Helferin auf der Straße vor Kälte sterben lassen. Und das auch noch kurz vor Weihnachten.»

«Aber … ich mein, du kannst doch nicht jeden Bettler …»

«Es geht nicht um jeden Bettler, Tantchen. Es geht ganz genau um diese beiden Personen, die ich jetzt mitgebracht habe, weil sie mir der Hilfe bedürftig und würdig erschienen. *Jeden* Bettler können wir nicht versorgen. Diese beiden schon.»

«Aber … was wird dein Vater sagen?»

Falls man Zweifel gehabt haben sollte, was der Vater sagen würde, so musste man nicht lange auf Aufklärung warten. Denn der Vater war jetzt hinzugekommen und wollte wissen, was vorgefallen sei.

«Komm, Ernst, lass uns in die Stube gehen und nicht hier in der Kälte stehen», sagte die Tante und griff ihren Bruder am Ärmel. Der schüttelte ihre Hand ab.

«Ich will wissen, was das Gepolter soll. Raus mit der Sprache.»

«Ei, nichts weiter. Die Elise hat von draußen eine Frau und ein Kind mitgebracht, die auf Reisen gestrandet sind und nicht mehr weiterkommen, und die sollen heut Nacht hier schlafen.»

«Was?!»

Elise seufzte und erklärte die ganze Geschichte noch einmal von vorn.

«Ja, wie blöd bist du denn, dass du dich von so was einwickeln lässt?», schimpfte der Vater. «Von wegen, die Frau hat den Jungen gefunden und vorm Erfrieren gerettet. Das ist ihrer! Ihr Sohn ist das! Von wegen Waisenkind! Lügengeschichten sind das, und du bist so blöd, du glaubst alles, was man dir erzählt, und belohnst die Leut noch dafür, dass sie dich anlügen! Ja, ist es denn die Möglichkeit!»

Elise gaben die Worte des Vaters einen Stich. Sie dachte an den Herrenmantel, den die junge Frau trug, den wahrscheinlich gestohlenen. An das warme «Schätzelchen», mit dem sie sich an den Jungen gewandt hatte. War er nicht wirklich ihr Sohn?

«Ach, Papa», sagte Elise traurig. «Der Junge hat erfrorene Füße und Ohren. Wenn ich die Leute jetzt vor die Tür setze, sind sie verloren Es ist bald Weihnachten, die Frau heißt Marie mit Vornamen, und ich hab das als Zeichen vom Himmel genommen.

Ich hab halt an Maria und Josef denken müssen, wie sie Herberge gesucht haben und keine bekamen. Lass mir dieses eine Mal meinen Spleen.»

«Herrgott, was hat meine Tochter für krause Gedanken! Das ist ja nichts weiter als eine Legende, die Weihnachtsgeschichte bei Lukas. Diese Volkszählung des Kaiser Augustus gab es nicht, das ist doch jedem Historiker bekannt! Aber meine Tochter läuft herum und sieht Zeichen vom Himmel, weil jemand Maria heißt! Warum hilft Gott nicht selbst den Leuten, wenn es ihn gibt?»

«Vielleicht hilft er ja durch mich», sagte Elise. Sie wusste im Übrigen genau, was jetzt kommen würde.

«Soso», ironisierte der Vater. «Und was ist mit den Leuten, denen niemand hilft? Die elendiglich sterben müssen an Krankheit oder Hunger oder Krieg? Da hat er wohl keine Lust zu helfen, dein Gott? Lass mich dir sagen, Elise, auch wenn die Pfaffen die Menschen mit dem Gegenteil trösten wollen: Es gibt gar keinen Gott. Es gibt keinen guten Vater im Himmel, der die Hand schützend über uns hält. Wir sind ganz allein im Universum und müssen uns durchkämpfen, jeder für sich. Und es ist ganz gewiss kein Zeichen vom Himmel, wenn jemand Maria heißt wie jede zweite deutsche Frau.»

Elise wartete einen Moment, bis er ganz still vor ihr stand. Dann sagte sie: «Vielleicht stimmt ja, was du sagst, Papa. Aber wenn es denn wirklich keinen Gott geben sollte, hätten wir dann nicht erst recht die Pflicht, unserem Nächsten zu helfen? Dann sind nämlich wir ganz allein verantwortlich für alles Gute und alles Böse in der Welt. Dann können wir es auf niemanden sonst schieben.»

Der Kaufmann Best stierte seine Tochter abwesend an.

«Tu, was du willst», sagte er schließlich düster. «Unsere Lage ist so schlecht, da macht es schon keinen Unterschied mehr, wenn du das Geld mit vollen Händen zum Fenster rauswirfst.»

Damit drehte er sich um und zog ab. Die Tante, die sich das alles angehört hatte, warf Elise einen Blick zu, und dann nahm sie die Treppe nach oben. Elise blieb in der engen Diele zurück. Sie war tief erschrocken. *Unsere Lage ist so schlecht, da macht es schon keinen Unterschied mehr* – was wollte der Vater damit sagen? Die Geschäfte waren dieses Jahr in der Tat wieder nicht gut gegangen. Es gab neuerdings eine scharfe Konkurrenz in der Stadt, die einige ihrer eigenen Waren ins Programm genommen hatte und ihre Preise immer wieder unterbot. Am schlimmsten war es bei den Blutorangen vom Ätna. Der Kaufmann Best war stets der einzige Grossist gewesen, der in Frankfurt Blutorangen führte. Nun gab es die schönen Früchte anscheinend überall, zu ihrem Einkaufspreis. Nichts von ihrer teuren sizilianischen Ware waren sie folglich losgeworden, zumal der Vater sich weigerte, unter Wert zu verkaufen und die Preise noch weiter zu verderben. (Seit Wochen aßen sie jetzt jeden Morgen zum Frühstück ihre eigenen Blutorangen, und jeden Abend gab es Saft.) Dazu kam diesen Winter die Kälte, die in mehrerer Hinsicht schlecht fürs Geschäft war, angefangen bei den Schäden im Lager. Aber diese Schwierigkeiten würde das Geschäft doch durchstehen, oder?

Drei Generationen schon gab es das Handelshaus Best. Da hatte man mehr als eine Konjunkturflaute überlebt.

Elise schüttelte den Kopf. Das konnte sie jetzt nicht klären. Sie musste den Vater später darauf ansprechen. Erst einmal war es viel dringlicher, einen Arzt ins Haus zu bekommen.

Josua ging es gar nicht gut. Er fror immer noch, oder es war ihm heiß, und alles tat weh, und außerdem hatte er Husten. Trotzdem kam er jetzt zum ersten Mal seit zwei Wochen ein wenig zur Ruhe. Er hatte verstanden, dass seine Mutter wirklich tot war und die Zukunft ganz ungewiss. Aber nun gab es wenigstens diese zwei Frauen, die sich so lieb um ihn kümmerten. Vor allem bei der, die er Tante Elise nennen sollte, fühlte er sich ganz geborgen. Und die Marie, die war wie eine große Schwester oder Cousine. Die beiden würden bestimmt auf ihn aufpassen und zusehen, dass ihm nichts Schlimmes geschah. Oder?

Doch er träumte wieder schlecht. Er war in einer sehr dunklen, schmalen Straße, und es war kalt, und jemand riss fest an seiner Hand. Erst wehrte er sich, und dann ließ er es zu; hoch in die Luft gen Himmel wurde er gerissen, und dann plötzlich, als er schon weit oben war, da ließ die Hand ihn los, und er fiel.

Nachdem der Arzt wieder fort war, hatte der kleine Josua ein ganzes Glas gewärmten Blutorangensaft mit Honig ausgetrunken, was Elise sehr beruhigte. Als der Junge danach fieberwarm, aber friedlich wieder eingeschlafen war, verließ sie das Zimmer und traf im Treppenhaus prompt auf Tante Lotte, die anscheinend auf sie gelauert hatte. Die Tante raunte ihr zu, der Vater wolle sie noch einmal sprechen. Im Rauchzimmer.

Da saß Ernst Wolfgang Best über einem aufgeschlagenen Rechnungsbuch hinterm klobigen Schreibtisch, und das Licht der Öllampe am Rand des Tisches ließ seine Nase noch länger und krummer wirken und warf Schatten über sein Gesicht, die ihn älter machten, als er war. Tief schienen die Augen in den Höhlen zu liegen, und darunter hatten sich schwarze Halbmonde eingegraben.

Elise ahnte Übles. Beklommen schloss sie die Tür hinter sich. «Na», begrüßte sie der Vater, «du hast ja den Nachmittag und Abend über alles gegeben, dir Ablenkung an den Hals zu schaffen. Bloß, damit du dich nicht mit dem befassen musst, was ansteht. Ich rede von Gehling. Bist du zu irgendeinem Schluss gekommen? Lass mich raten: nein.»

Elise setzte sich, weil sie sich im Stehen wie ein ungezogenes Kind fühlte, das eine Strafpredigt bekommt.

«Papa, übertreib nicht», sagte sie. «Was verlangst du da? So schnell kann ich nicht entscheiden, ob ich den Gehling heiraten will oder nicht. Ich habe ihn heute ja zum ersten Mal gesehen. Gerade einmal eine Stunde war er hier.»

«Ich fand die eine Stunde aufschlussreich genug. Ihr schient euch gut zu verstehen. Für seinen Charakter und seine materiellen Verhältnisse bürgt Wartenstein, der ja immerhin sein Cousin ist. Glaubst du, der Kandidat wird schöner, wenn du ihn öfter zu sehen bekommst?»

«Papa!», rief Elise und lachte. «Sei nicht albern. Nein, sicher nicht, aber ich kann das wirklich nicht so schnell entscheiden. Wie lange bleibt Gehling denn in Frankfurt?»

«Kommt drauf an, was du sagst, nehme ich an. Jedenfalls muss er, sagt Wartenstein, am vierten Advent wieder zurück in seinem Dingelstedt sein.»

«Puh», seufzte Elise. «Ich weiß es aber wirklich noch nicht.»

«Das war deutlich zu bemerken. Was soll ich also ausrichten? Ich schlage vor, ich erkläre, du seist alles andere als abgeneigt, aber noch nicht sicher entschlossen.» Der Vater griff zu einer Zigarre und zündete sie an.

«Äh – ja», druckste Elise und rieb sich die Finger, «äh, richte doch aus, ich sei sehr geschmeichelt und würde Gehling gerne noch einmal sehen, bevor ich mich entscheide.»

Du lieber Himmel, was erzählte sie da? Nun begab sie sich auf Glatteis. Wenn sie Gehling jetzt ermutigte, konnte sie später kaum noch zurück. Vielleicht sollte sie besser direkt nein sagen.

Andererseits, er war doch immerhin ganz nett, und sie mit ihrem Hinkebein …

«Du solltest den Mann nicht zu lange zappeln lassen», grunzte um seine Zigarre herum der Vater. «Der hat noch andere Kandidatinnen in petto. Ganz im Gegensatz zu dir.»

Elise trafen diese Worte hart. Umso mehr, weil es die Wahrheit war. «Ach, Papa», sagte sie traurig, «warum bist du eigentlich so erpicht darauf, mich loszuwerden?»

Der Vater schnaufte tief, paffte noch zweimal an der Zigarre, bevor er sprach.

«Ich bin nicht erpicht darauf, dich loszuwerden», sagte er. «Ich will nur dein Bestes. Und leider sieht es so aus, dass dir dieses Geschäft in Zukunft keine Existenz mehr bieten kann. Ich würde dich gerne versorgt wissen, wenn das hier alles zusammenkracht.»

Elise sah ihn entsetzt an. «Um Himmels willen, Papa! Aber so schlecht ist die Lage doch nicht? Ich weiß ja, dass wir in letzter Zeit Flaute beim Obst hatten, aber das wird doch nicht anhalten, oder? Die Konjunktur kommt und geht, sagst du doch immer. So eine kleine Flaute bedroht doch unser Geschäft nicht?»

Der Kaufmann Best lachte sarkastisch. «O doch, Elise, o doch. Das ist auch keine Flaute in der Konjunktur. Das muss dir doch klar sein. Nein, diesmal werden wir von der Konkurrenz systematisch ruiniert. Wenn sie fertig mit uns sind, dann werden sie sich aus der Konkursmasse die Filetstücke herausholen. Ach,

Kind, du bist ja so naiv. Aber du weißt natürlich auch einiges nicht, weil ich dich schonen wollte.»

«Also gut», sagte Elise, die vor Schreck ganz rot geworden war. «Dann sag mir jetzt alles. Ich muss es doch auch wissen. Jetzt erst recht.» Beinahe, ja beinahe war Elise erleichtert. Denn nun wusste sie: Des Vaters derber Ausspruch heute Nachmittag, er könne sie im Geschäft nicht gebrauchen, hatte sich nicht gegen sie gerichtet. Es war nicht so, dass er ihre Arbeitskraft nicht zu schätzen wusste. Was er hatte sagen wollen, war eher: Er würde sie nach einem Bankrott nicht mehr brauchen.

«Also, mein Kind, dann hör gut zu. Wie du weißt, leben wir hauptsächlich von Feigen, Nüssen und Zitrusfrüchten. Dafür kommen die Leute zu uns. Da hatten wir die beste Ware in der Stadt, seit mein Vater damals dem alten Mattioli seine Lieferantenliste abgekauft hat. Für die beste Ware kann man einen hohen Preis nehmen. Erst recht, seit sich Cassella mehr auf Chemikalien spezialisiert und nicht mehr in Lebensmitteln macht. Über die hohen Preise sind wir immer auf unsere Kosten gekommen. Nur war letztes Jahr bekanntlich das Weihnachtsgeschäft sehr schlecht. Bei Feigen und Zitrusfrüchten machen wir im November und Dezember ein Drittel vom Jahresumsatz. Kein gutes Zeichen, wenn um die Zeit plötzlich Flaute herrscht. Also habe ich mich letztes Jahr schon bei ein paar von unseren regulären Abnehmern erkundigt, ob sie denn nichts bestellen wollten, um mal zu hören, was sie sagen. Da hieß es: Es täte ihnen leid, aber woanders bekämen sie neuerdings bessere Preise. Was eigentlich

Unsinn ist, sie haben ja immer schon woanders bessere Preise bekommen. Aber fürs höherwertige Sortiment haben sie eben unsere teure Ware bevorzugt. Ich Idiot habe mich also gefragt, ob die Leut alle kein Geld mehr in der Tasche haben oder keinen Geschmack mehr, dass jetzt auch die besseren Geschäfte nur noch billige Ware holen. Diese sauren, faserigen Orangen aus der Lombardei, wer will die denn, wenn er unsere süßen, aromatischen Früchte aus Sizilien haben kann? Aber gut, das weißt du ja alles. Nun ja, und dieses Jahr waren die Bestellungen wieder so mau, wie du ebenfalls weißt. Gute Ware haben wir verspätet und zum Spottpreis an die gewöhnlichen Läden abstoßen müssen und sind nicht einmal alles losgeworden. Und dann die Sache mit den Blutorangen. Das ist außergewöhnlich. Vierzig Jahre kenne ich das Geschäft und habe so etwas noch nicht erlebt. Nun hab ich mir also gedacht, diese Entwicklung geschieht nicht ohne Grund, da muss was dahinterstecken. Vor drei Wochen habe ich begonnen nachzuforschen. Hab mir den erstbesten Straßenjungen genommen und ihn für mich als Spion eingespannt. Hab ihn zu dreien unserer regulären Frankfurter Kunden geschickt, die nichts mehr bestellt haben, und hab ihn dort Orangen und getrocknete Feigen einkaufen lassen. Und was glaubst du: die Orangen, saftig, süß und aromatisch, wie frisch vom Baum. Die Feigen: große, schöne, dunkle Früchte, noch weich und ein Genuss. Gerade so wie unsere Ware. Hab ich also zwei von den Kaufleuten persönlich aufgesucht und sie gefragt: Woher bezieht ihr denn eure Qualitätsware jetzt eigentlich? Von Riemenschneider, hieß es.»

Hier hielt der Vater inne und schnaufte neuerlich. Sein Blick bekam etwas Starres. Er sog fest an seiner Zigarre.

«Riemenschneider hat doch früher gar keine Südfrüchte verkauft, oder?», fragte Elise.

Der Vater blies Rauch aus. «Nein, früher nicht. Aber heute, Elise. Aber heute. Und was meinst du, was sich beim Riemenschneider seit letztem Jahr geändert hat?»

Der Ton des Kaufmanns Best war drohend geworden. Jetzt schob er mit schrammendem Geräusch den Schreibsessel zur Seite, erhob sich ruckartig und begann, mit der Zigarre in der Hand erregt in dem winzigen Zimmer umherzugehen. Elise spürte eine diffuse Angst.

«Ich weiß es nicht, Papa. Was ist es denn?»

«Riemenschneider hat seit vorletztem Sommer einen neuen Geschäftsführer und Prokuristen. Und rate mal, wer das ist, Elise. Rate mal. Ich hab es dir nur aus Rücksichtnahme bisher verschwiegen.»

Elise wurde erst heiß und dann ganz kalt. Nein, es konnte nicht Carl sein. Der war doch nur Lagerarbeiter gewesen. Aber die Kleider, die er am Nachmittag getragen hatte … Ihr brach der Schweiß aus.

«Ich habe keine Ahnung, Papa.»

«Dann klär ich dich jetzt auf. Der neue Prokurist ist ein gewisser Carl Wagner. Du wirst dich ja wohl erinnern, um welchen miesen Kerl es sich dabei handelt.»

«Ja, Papa», sagte Elise wohl oder übel. Ach, musste das sein?

Sie fühlte sich verletzt und schlecht und hilflos. Aber sie konnte doch nichts dafür, oder?

«Dieser … dieser Mensch entstammt ja eigentlich den niedersten Schichten», fuhr der Vater fort. «Inzwischen hat er wohl bei der Polytechnischen Gesellschaft in einem Abendkurs Buchhaltung gelernt. Alles aus Rachsucht. Er hat sich zum Ziel gesetzt, mich zu vernichten, so viel ist klar. Er kennt meine Lieferanten, und er kennt meine Kunden, obwohl ich wirklich sagen muss, ich bin erstaunt, dass er die Adressen so genau im Kopfe hatte. Italienisch hat er auch ein bissel gelernt. Und natürlich kennt er meine Preise. Wagner hat nun für Riemenschneider genau meine Waren bestellt und meine Preise immer stark unterboten. Das lohnt sich dann kaum noch, daran verdient Riemenschneider nicht. Aber Riemenschneider braucht ja auch die Früchte gar nicht im Angebot, um zu leben, nicht wahr? Es sind wir, deren Existenz davon abhängt. Sind wir erst bankrott, hat Riemenschneider das Monopol auf den Handel mit sizilianischen Früchten und kann die Preise hochsetzen, wie er will. Eine perfide Strategie. Gegen jede Kaufmannsehre. Aber für Ehre und Anstand hat sich dieser Wagner ja noch nie interessiert. Der Verbrecher. Der Halunke. Und seine Strategie geht auf. Er wird uns zerstören. Siehst du, Elise, das haben wir nun von deiner mädchenhaften Dummheit und Unvernunft.»

Elise bekam schwer Luft. Welch furchtbare Lage war das. Fast wollte sie ihrem Vater entgegnen: Papa, du bist schuld, du hättest ihn nicht entlassen dürfen. Aber was halfen die Schuldzuweisungen? Das hatte doch niemand ahnen können. Carl … es war wirklich alles andere als ehrenhaft, was er da betrieb. Dieser gezielte Angriff mit unlauteren Mitteln. Dieses Ausnutzen von vertraulichem Wissen aus der Zeit, als er bei Best beschäftigt gewesen war. Aber vor allem: Wie konnte Carl ihr das antun? Wenn er es ihrem Vater heimzahlen wollte, das könnte Elise fast noch verstehen. Aber er riss sie ja mit in den Abgrund. Nein, wenn Carl sich heute so benahm, dann hatte Elise ihm damals schon zu Unrecht vertraut. Dann hatte ihr Vater seine Absichten immer richtig eingeschätzt. Der Schmerz, den sie fühlte, war beißend.

«Insofern», durchbrach der Vater plötzlich Elises Gedanken, «kann es mir beinahe gleich sein, wenn du Geld ausgibst, um hergelaufene Schmarotzer bei uns aufzunehmen und durchzufüttern. Wir sind so oder so ruiniert. Noch ein solches Jahr, und wir müssen Konkurs anmelden. Ich werde frühzeitig aufgeben, sodass ich das Haus noch um eine Leibrente verkaufen kann. Doch ich muss dir sagen, wenn wir davon zu dritt leben sollen, dann wird es eng, verdammt eng. – Übrigens, hast du dir eigentlich überlegt, wie und wann du die Schmarotzer in deinem Zimmer wieder loswerden wirst?»

«Ach, Papa. Lange werden die beiden nicht bleiben. Wir haben ja nun ganz andere Sorgen.»

Er sagte nichts, kehrte ihr den Rücken. Das Gespräch war beendet. Elise erhob sich und wandte sich zur Tür. Sie hätte vorhin ums Leben nicht gedacht, dass sie ihres Vaters Rauch- und Kontorzimmer derart schweren Herzens verlassen würde. Heute

Nachmittag, als sie von Gehlings Antrag in die Bredouille gebracht wurde, da hatte sie ja eigentlich noch gar keine Sorgen gehabt.

«Soll ich denn», rief der Vater Elise hinterher, «dem Gehling jetzt nicht doch schon eine definitivere Auskunft geben?»

«Ich schlaf drüber», gab Elise ausweichend zurück.

Was wörtlich genommen ganz und gar gelogen war. Denn schlafen würde sie heute Nacht bestimmt nicht. Sie hatte zu viele Sorgen. Da Elise ihr eigenes Zimmer für Josua und Marie geräumt hatte, würde sie im Übrigen bei der Tante unterkriechen müssen. Es gab zwar noch ein kleines Gästezimmer im Haus. Aber das war in den ganzen letzten kalten Wochen ungeheizt geblieben; falls sie dort übernachtete, würde sie sich den Tod holen.

Josua hatte am nächsten Morgen mäßiges Fieber und Husten. Da er aber willig Nahrung zu sich nahm und ausgerechnet von den Blutorangen gar nicht genug bekommen konnte, hoffte Elise auf einen guten Ausgang seines Brustkatarrhs. Die Frostbeulen und Frostblasen an Füßen und Händen waren natürlich in schlimmem Zustand. Außerdem waren die beiden kleinen Zehen wie auch ein paar Stellen an den Fingern über Nacht schwarz geworden. Der Dr. Hoffmann hatte das bei seinem gestrigen Hausbesuch schon prophezeit: Die Stellen, die weiß statt rot sind, hatte er gesagt, die sind schon abgestorben, und sie werden nach dem Erwärmen schwarz werden und abfaulen. Sein Rat: Füße auf täglich frisches Leinen betten, alle betroffenen Stellen sauber, warm und trocken halten. Sonst könne man nicht viel tun. Binnen drei Wochen würden die Wunden hoffentlich abheilen. An den abgestorbenen Stellen werde es, wenn alles gutgehe, nur Narben geben. Die größte Gefahr sei eine Blutvergiftung. Dann müsse amputiert werden. Der Dr. Hoffmann wollte deshalb täglich zur Kontrolle vorbeisehen.

Elise wusste natürlich nicht, ob Josua bis zur Heilung seiner Füße bleiben würde. Am Morgen fragte sie den kleinen Kerl aus, während sie ihm sein Frühstück einflößte. Marie machte sich derweil in der Küche nützlich. Josua bestätigte, was seine Begleiterin gestern erzählt hatte: Er wäre aus Camberg. So unglücklich, wie das arme Kerlchen nun alles Weitere berichtete, konnte es kaum gelogen sein. Der Vater sei im Sommer gestorben und die Mutter erst ganz kürzlich, und vorgestern Nacht hätten ihn die Verwandten plötzlich in die Post nach Frankfurt gesetzt, wo er einen Onkel habe, den er aber nicht kenne. Wegen eines Pferdeunfalles habe er das letzte Wegstück laufen müssen und dabei sei er müde und verfroren am Wegesrand liegengeblieben, bis ihn plötzlich «ein großes Mädchen», nämlich Marie, geweckt und ihm nach Frankfurt geholfen habe. Sein Bündel hätten sie zurückgelassen, weil Marie es nicht zusätzlich tragen konnte. Es sei aber bloß eine verschnürte Decke mit ein paar Kleidern drin gewesen.

Von Josuas Gepäck übrig geblieben war nur der schwarze Ledergurt, den er gestern, als Elise ihn zum ersten Mal sah, am Leib getragen hatte. Elise öffnete den Gurt und fand darin den versiegelten Briefumschlag, von dem Marie gesprochen hatte. Was hatte Marie noch gleich berichtet? Ach ja, sie hätte sich zu dem Adressaten des Briefes begeben, dort aber habe man ihnen nicht geöffnet.

Die Adresse lautete: *An Hrn. Meyer Goldfarb, Haus zu den drei Römern, Judengasse, Frankfurt.* Ah!, dachte Elise. «Bist du denn Jude?», fragte sie den Kleinen vorsichtig, wobei ihr die Frage ein wenig albern vorkam. Denn ein sieben-, achtjähriger Junge, na ja, konnte der überhaupt Jude oder Christ sein? Jedenfalls gehörte so ein Kind nicht aus freier Entscheidung dieser oder jener Religion an. In erster Linie war man in dem Alter Kind und Mensch, und alles andere war nicht so wichtig.

«Ja, wir sind Juden», bestätigte Josua. «Und meine Eltern haben immer Joschel zu mir gesagt, und der Rabbi sagt, ich heiße Jehoschua, und der Lehrer in der Schule sagt Josua zu mir, das wäre mein Name im Zivilstandsregister, und er hat mir auch gesagt, wenn mich ein Fremder fragt, also besonders wenn es ein Christ ist, soll ich sagen, ich heiße Josua und nicht Joschel.»

«Das ist aber kompliziert», lachte Elise. «Aber ehrlich gesagt, bei mir ist es so ähnlich. Im Taufbuch steht Carolina Elisabeth, aber in der Familie habe ich nie anders als Elise geheißen, und so unterschreibe ich auch, und dann gab es in der Schule welche, die nannten mich Liese, und ein paar andere nannten mich Elli. – Wie soll ich denn zu dir sagen?»

«Das ist mir ganz gleich», sagte das Kind. «Du bist so lieb, du kannst mich nennen, wie du willst.»

Elise schmunzelte und drückte dem Kleinen die Hand.

«Dann sag ich Josua, weil ich dich so kennengelernt habe. Und manchmal werd ich Joschel sagen, wenn mir danach ist. In Ordnung?»

«In Ordnung.»

«Sag mal, Josua, hast du je was von einem Herrn Meyer Goldfarb gehört? Das ist der Name hier auf dem Brief.»

«Nein», sagte Josua und schüttelte heftig den Kopf. «Ich wusste auch gar nicht, dass ich einen Onkel in Frankfurt habe. Niemand hat mir was davon gesagt. Bloß vorgestern hat die Tante davon angefangen, dass ich zu dem Onkel soll. Und jetzt ist er vielleicht auch tot. Oder wohnt nicht mehr dort. Und ich weiß gar nicht, wo ich hinsoll.»

«Keine Angst. Zur Not bringen wir dich wieder nach Camberg zu deiner Tante. Aber weißt du, ich gehe jetzt erst einmal selbst zu dieser Adresse und sehe, ob ich nicht doch deinen Onkel dort vorfinden kann. Du aber machst dir keine Gedanken und ruhst dich schön aus, dass du gesund wirst und auch deine Füße heilen. Wenn du was brauchst, fragst du die Marie. Sie kommt gleich wieder hoch. Ich hab mit ihr gesprochen; sie bleibt die nächsten Tage noch hier und kümmert sich um dich. Wir sehen uns später.»

Elise wuschelte dem Jungen durchs Haar, dann verließ sie mit dem Brief in der Hand das Zimmer und machte sich ausgehfertig.

Vor einer Generation waren die Grenztore der Judengasse abgerissen worden, und die Juden hatten sich von der Stadt das Recht erkauft, auch anderswo in der Stadt wohnen zu dürfen. Seitdem war die schmale, sichelförmige Gasse nicht mehr so übervölkert; die Luft und die sanitären Zustände waren besser geworden, und das ganze Ambiente wirkte nun pittoresk statt unangenehm und düster. Es war gar nicht lange her, dass Elise zuletzt hier gewesen war: anlässlich des Lichterfests, das die Juden vor Weihnachten feiern. Am letzten Abend des Festes war Elise, wie es viele Frankfurter zu tun pflegten, trotz der Kälte mit der Tante durch die Judengasse spaziert, um den schönen Anblick der vielen achtarmigen Chanukka-Leuchter in den Fenstern zu genießen. Nebenbei gab es immer Gesang zu hören. Der kam nicht nur aus der Synagoge, sondern aus dem Privathaus des senilen alten Kantors, der immer das gleiche furchtbar traurige Lied in jüdischem Kauderwelsch sang.

Heute Abend sang der Alte wieder. Schon als Elise sich dem Haus näherte, hörte sie seine erhobene hohle Stimme im Klagelied. Einmal hatte sie sich beim Besitzer des Lebensmittelgeschäftes im Nebenhaus erkundigt, was der alte Mann da eigentlich immer zum Besten gab. Der Lebensmittelhändler meinte, es sei der Psalm 137: *An den Flüssen von Babel saßen wir und weinten.* Er

persönlich habe jetzt das Lied auf immer und ewig satt, und er wünsche dem alten Kantor ein langes Leben, aber dass er doch bitte demnächst auch dieses letzte seiner Lieder bald vergessen möge, so wie er alle anderen schon vergessen habe. Elise schmunzelte bei dem Gedanken. Zufällig war das Haus «Drei Römer» auf dem Brief eben das, in dem der Lebensmittelhändler Kahn unten sein Geschäft hatte. Mit «Römern» waren übrigens keine Einwohner von Rom gemeint, sondern Trinkgläser, wie am Namensschild über dem Eingang zu erkennen. Links an dem Sandsteinsockel des schmalen Gebäudes war ein blechernes Schild angebracht, da standen ganz klein die Namen der Bewohner des Hauses und seiner Hinterhäuser eingeprägt. Eine Familie Goldfarb war nicht dabei.

Elise betrat Kahns Lebensmittelgeschäft. Kahn war einer der Kunden ihres Vaters. Sie kaufte aus Höflichkeit ein paar Rüben. Dann fragte sie den Kahn junior, der bediente, ob er einen gewissen Meyer Goldfarb kenne.

«Ei sicher», sagte der in jüdisch gefärbtem Frankfurterisch. «Hat früher hier im Hinterhaus gewohnt mitsamt Anhang. Aber der ist vor Jahren schon fort, wie alle, die sich's leisten können. Bis auf die alte Frau Rothschild. Die hat ja in ihrem Haus auch Platz. Ansonsten, ich mein, wer will denn in einem sechs Fuß schmalen, dunklen Haus wohnen, wenn er woanders was Besseres haben kann? Hier in der unteren Gass wohnen doch nur noch die Armen. Bei uns im Haus finden Sie nur Krankenwärter, Holzträger, Hausierer und Schuhmacher. Schlecht fürs Geschäft, leider. So feine Herren wie der Goldfarb beehren uns nicht mehr. Der jüngste Herr Sohn ist jetzt Gymnasialprofessor, hab ich gehört. Nennt sich Fechner nach seiner Frau, damit sich's nicht so jüdisch anhört. Und der werte Herr Papa ist im Gesangsverein. Ganz etabliert sind die jetzt.»

«Und wo sind sie hingezogen?»

«Mainkai. Schöne Aussicht, eins der ersten Häuser neben der Fahrgasse.»

Elise war ganz erleichtert. Das war ja besser ausgegangen als gedacht! Um die Zukunft des kleinen Josua musste man sich keine Sorgen machen, wenn der Onkel so bürgerlich situiert war. Kein Wunder, dass die Camberger Verwandtschaft ihn hierhergeschickt hatte. Außerdem, Elise hatte den Jungen in dem einen Tag richtig liebgewonnen. Sie freute sich, dass er wohl doch in Frankfurt bleiben würde. Dann konnte sie ein Auge auf ihn haben und ihn gelegentlich besuchen.

Huch! Elise strauchelte und hielt sich mit knapper Not an einer Regenrinne fest. Sie hatte den Pudel zu spät gesehen. Einen Pudel mit einem Körbchen im Maul, der allein die Fahrgasse hochlief. Der Schopenhauer'sche Hund, welcher sonst? Das Tier, der einzige Freund des um die Ecke wohnenden Philosophen, war ein stadtbekanntes Wunder an Gelehrsamkeit. Der Pudel pflegte nämlich für seinen Herrn einkaufen zu gehen. Es gab drei Läden, in denen Schopenhauer seinen täglichen Bedarf holte, und für jeden Laden einen speziellen Korb. Wenn Schopenhauer dem Hund einen der Körbe aushändigte, dann wusste der kluge Pudel ganz genau, zu welchem Laden er zu laufen hatte. Und was Schopenhauer dort kaufen wollte, das wiederum wusste der Ladenbesitzer.

Elise hatte ihr Ziel erreicht. Einen Blick warf sie auf die alte Brücke und den zugefrorenen Main, an dessen Ufern sich inzwischen verschneite Eisschollen aufwölbten. Bald hätten hier selbst die Schlittschuhläufer keine Freude mehr. Am Weihnachtsmarkt hatte gestern jemand behauptet, hinter Offenbach sei der Main schon bis zum Grund durchgefroren.

Elise sah nach den Namensschildern an den ersten Häusern hinter der Brücke. Bald fand sie den Namen, den sie suchte: *M. Goldfarb, Makler und Rentier, zweiter Stock*. Sie schellte, und nach einer halben Minute öffnete eine silberhaarige Haushälterin in schwarzem Kleid und weißer Spitzenschürze. Ob sie den Herrn Goldfarb sprechen könne, fragte Elise, sie habe ihm eine Nachricht zu überbringen.

«Das tut mir leid, Frollein. Der Herr Goldfarb ist mit seiner Frau zur Winterkur. In Tabarz in Thüringen. Da fährt er jedes Jahr hin.»

Wann er zurückkomme?, erkundigte sich Elise.

«Ach, der wollt ja schon längst wieder da sein. Aber es ist ja dieses Jahr so kalt. Da scheut er die Reise. Er hat winters immer sehr die Bronchitis. Deshalb fährt er ja in die Berge, wo die Luft nicht so verqualmt ist wie hier. – Wollen das Fräulein vielleicht den Herrn Sohn sprechen, den Herrn Fechner, meine ich? Der wohnt im Nebenhaus. Oder richten Sie mir die Nachricht aus.

Ich gebe es dann an den Herrn Goldfarb weiter, wenn er zurückkommt.»

Elise hatte den Brief im Muff stecken und befingerte ihn unschlüssig mit der rechten Hand. Ihn bei der Bediensteten abgeben? Oder lieber bei dem Sohn nebenan? Doch eigentlich wollte sie den Brief gar nicht an Dritte aushändigen. Dazu war er zu wichtig.

«Ach nein, vielen Dank», sagte sie. «Ich melde mich später wieder. Ich bin übrigens die Elise Best vom Grossisten Best im Tuchgaden. Falls der Herr Goldfarb nachfragt, ob jemand für ihn da war.»

«Ich richt's aus», teilte die Haushälterin mit.

Eigentlich konnte Elise zufrieden sein. Josua musste zwar vorläufig noch bei ihnen bleiben (was ihr so unrecht gar nicht war, nur den Vater würde es ärgern). Doch immerhin konnte sie dem Jungen und dem Vater nun die beruhigende Auskunft geben, dass der unbekannte Onkel existierte und vertrauenswürdig schien. Bestimmt würden die Dinge, sobald der Onkel zurück war, ihren geordneten Gang gehen.

Die Neugierde trieb Elise aber noch zu einer weiteren Erkundigung. Spontan schellte sie beim Weggehen im Nebenhaus bei Fechner. Der Herr Gymnasialprofessor Fechner selbst war nicht im Haus, wohl aber seine Frau. Elise entschuldigte sich für die Störung und fragte die Frau Fechner, ob ihr Mann in Camberg Verwandtschaft habe. Sie habe aus Camberg etwas an Fechner oder Goldfarb auszurichten.

In Camberg? Nein, bestimmt nicht! Von Camberger Verwandtschaft hatte die Dame noch nie gehört.

«Die Leute heißen Anspach mit Nachnamen», präzisierte Elise.

Madame Fechner schüttelte den Kopf. Nein, ihr Mann habe definitiv keine Verwandtschaft namens Anspach. Der Name sei ihr ganz fremd.

Elise verabschiedete sich, begleitet von einem unguten Gefühl. Wie eng konnte denn eine Verwandtschaft zwischen Josuas Eltern und dem Herrn Goldfarb sein, wenn die Schwiegertochter des Herrn Goldfarb den Namen noch nie gehört hatte? Und wenn zugleich Josuas Tante nicht wusste, dass der Herr Goldfarb seit vielen Jahren schon nicht mehr in der Judengasse wohnte? Nun plagten Elise wieder Zweifel, ob für Josua alles so glattgehen würde wie eben noch erhofft.

Das Beste schien ihr jedoch, dem Jungen von ihren Zweifeln erst einmal nichts zu sagen. Dem Vater auch nicht. Nur, dass sie die Adresse des Onkels ausfindig gemacht hatte, würde sie verraten, und dass dieser jedoch im Augenblick im Urlaub in Thüringen sei. Es war ja nicht gelogen. Alles andere war ohnehin Spekulation.

Als sie zu Haus eintraf, wurde Elise schnell klargemacht, dass sie sich derzeit noch um andere Dinge zu kümmern hatte als um das Schicksal des kleinen Josua. «Du hast Besuch», begrüßte sie an der Tür die Tante, mit nervös zitterndem Vogelkopf und etwas vorwurfsvoll. Elise spürte, wie ihr Herzschlag sich beschleunigte.

Irgendetwas brachte sie auf die Idee, dass es sich bei diesem Besuch um Carl handeln müsse.

Doch als sie die Wohnstube betrat, wo der Besuch auf sie warten sollte, fand sie – wen sonst? – den Pfarrer Gehling vor. Das faltige Gesicht des kleinen, kahlen Herrn leuchtete auf. Er sprang hoch, kam auf sie zu und griff nach ihrer Hand. *Du lieber Gott, jetzt ist es entschieden*, dachte erschrocken Elise. Er sei beglückt zu hören, sprudelte derweil Gehling, dass sein Interesse nicht auf unzugängliche Ohren gestoßen sei. Da sei er auf die Schnelle vorbeigekommen, um sich noch einmal persönlich und unter vier Augen dem lieben Fräulein Elsi vorzustellen (er sagte wirklich Elsi), was ihm freundlicherweise der Herr Papa auch zugestanden habe. Das komme ihr doch hoffentlich gelegen?

«Aber natürlich», hörte sich Elise sagen. «Und ich, äh, ich heiße übrigens Elise. Nicht Elsi.»

«Ach, sicher, verzeihen Sie. Mein Vorname ist übrigens Friedrich.»

Friedrich Gehling. Es klang nicht einmal schlecht, musste Elise zugeben. Und Elise Gehling? Das ging auch. Obwohl sie sich wirklich sehr an Best gewöhnt hatte.

Gehling drückte noch einmal im Stehen ihre Hand, dann ließ er sie los und setzte sich, legte die Hände auf die knochigen dünnen Knie. «Liebe Els–, äh, Elise, ich will Ihnen ein paar Dinge über meine Verhältnisse erzählen. Das ist Ihnen doch recht, oder?»

«Ja, sicher», antwortete Elise. (Etwas anderes blieb ihr ja zu sagen nicht übrig. Aber sie musste zugeben, nett war Gehling, sich so vorsichtig auszudrücken und immer nachzufragen, ob es ihr recht sei.)

Es war nun sehr viel von Geld die Rede. Gehling erklärte ihr, welches Einkommen er als Pfarrer habe, welche Zusatzhonorare in Naturalien er außerdem erhalte, dass er ein wenig Vermögen in Aktien besitze und die soundso hohen Zinsen aus einem kleinen Erbe verzehren könne. Elise hörte den Ausführungen unkonzentriert zu. Sie war nebenbei damit beschäftigt, Gehling zu betrachten, nahm nach und nach alle Eigenheiten seines Gesichts zur Kenntnis, lernte die Runzeln, die Hautunreinheiten kennen, und es war ihr, als müsste sie sich jedes einzelne Haar des Backenbartes einprägen. Würde dies im Lauf der Zeit ein Gesicht werden, das sie gern mochte, oder eines, vor dem ihr grauste oder das ihr einfach nur fremd blieb?

«Sie sehen also, meine Liebe», beendete Gehling seinen Finanzbericht, «es steht alles in bester Ordnung. Die kleine Mitgift, die Ihr Herr Papa Ihnen versprochen hat, die braucht es nicht einmal, damit wir komfortabel leben können. Bescheiden, sicher. Rauschende Feste werden wir nicht jede Woche feiern. Aber doch komfortabel. Was sagen Sie, sind Sie zufrieden?»

«Ja, doch, natürlich», sagte Elise. Oje, hatte sie ihm damit ihr Jawort gegeben? Aber wie hätte sie sonst antworten sollen? Apropos, was war das für eine *kleine Mitgift*, die der Vater versprochen haben sollte? Davon wusste sie nichts.

«Dann darf ich Ihnen jetzt sicher meine Kinderschar vorstellen», sagte beglückt Gehling. Elise spürte heißen Schweiß ausbrechen. Die Kinder waren mit in Frankfurt? Warteten sie jetzt gar hinter der Tür versteckt darauf, ihre neue Stiefmutter kennenzulernen?

Ohne eine Äußerung ihrerseits abzuwarten, holte Gehling einen dünnen Stapel Büttenpapier hervor. Ein regelrechter Stein fiel Elise vom Herzen: Es waren Porträtzeichnungen seiner Kinder. Die drei Jüngsten, sie mochten zwischen zwei und sechs Jahren alt sein, waren gemeinsam abgebildet. Gehling nannte die Namen, und Elise spürte einen Schicksalshauch. Dies waren ja wohl Namen und Menschen, die ihr in der Zukunft lieb und teuer sein würden. Würde sie irgendwann aus tiefstem Herzen «meine Kinder» sagen, wenn sie von ihnen sprach? Wahrscheinlich. Sie merkte ja, wie sie schnell den kleinen Josua ins Herz schloss. Die beiden älteren Gehling-Kinder, ein Junge und ein Mädchen, einzeln abgebildet, waren acht und zehn. Mit dem zehnjährigen Mädchen, es sah sehr keck drein, würde es schwierig werden, ahnte Elise. Sie dachte wieder daran, wie schlecht Schwester Bärbel und sie selbst damals die neue Frau des Vaters aufgenommen hatten. Aber mit den jüngeren Kindern würde es sicher gutgehen.

«Noch etwas muss ich Ihnen sagen», bemerkte Gehling und räusperte sich zweimal. Elise fürchtete, jetzt werde es darum gehen, ob es «nur platonisch» sein sollte oder ob er sie auch allabendlich in seinem Bett erwarte.

«Ich habe übrigens … äh», begann er und räusperte sich nochmals. «Ich hatte bisher immer eine Angestellte fürs Grobe. Sie schläft nicht im Haus, aber kommt jeden Morgen früh und geht abends um sechse wieder. Wenn Sie nichts dagegen hätten, würde ich das gerne so beibehalten.»

«Ich verstehe», sagte Elise. Eine Angestellte alleine würde den großen Haushalt mit den vielen Kindern nicht bewirtschaften können. Allein schon die Wäsche ... das hieß, Elise würde im Haushalt viel zu arbeiten haben. So komfortabel würde es nun auch wieder nicht werden, trotz seines guten Einkommens. Aber Arbeit war Elise ja gewohnt.

«Ja, liebe, äh, Elise, das war eigentlich ... ich will Sie jetzt erst einmal nicht weiter belästigen, sondern mit Ihren Gedanken alleine lassen.» Er stand auf. Elise murmelte höflichen Protest, doch es war ihr natürlich lieb, dass er jetzt ging. Er war wirklich sehr rücksichtsvoll.

«Ich wollte nur noch sagen ... äh, das war alles sehr profan, ich wollte nur noch sagen, dass ich Sie für eine sehr charmante, hübsche Person halte, trotz des kleinen Defekts, und ich habe auch sonst nur Gutes über Sie gehört. Also, äh, ich gehe dann jetzt. Adieu, bis demnächst, wir sehen uns.»

Er nahm seinen Zylinder und ging. Als sich die Tür hinter ihm geschlossen hatte, atmete Elise so tief durch, als hätte sie die ganze Zeit vorher keine Luft bekommen.

Du lieber Himmel. Wie sollte das enden?

Aber das wusste sie doch. Er war nett. Mit Hut sah er sogar jünger aus. Zweifellos gab es schlimmere Schicksale, als mit Gehling und seinen Kindern in Dingelstedt verheiratet zu sein. *Eigentlich* wollte sie zwar nicht. (Oder war sie bloß feige und hatte

Angst, von zu Hause wegzuziehen?) Aber ob sie wollte, blieb sich gleich. Sie würde müssen. Nach dem, was der Vater ihr gestern Abend über den Niedergang des Geschäfts gesagt hatte.

Tief in Gedanken zerbröselte Elise mehrere der Vanillekipferl, die auf dem Tisch in einer muschelförmigen Schüssel lagen. Gestern Abend noch hatten Line und die Tante sie gebacken. Gehling hatte kein Stück angerührt. Ebenso wenig sie. Und auch nicht die Offenbacher Pfeffernüsse, die danebenlagen. Carl ist schuld, dachte Elise plötzlich.

Carl war schuld, dass sie jetzt Gehling heiraten musste. Auf jeden Fall war es nicht fair, wie Carl versuchte, ihrem Vater und damit auch ihr das Geschäft zu ruinieren. *Sie* zumindest hatte Carl nichts getan. Wie konnte er ihr das antun? Er hatte immer so freundlich gewirkt. Ein ruhiger, stiller, freundlicher Mann. Aber stille Wasser sind tief. Und was sich da in der Tiefe verbarg, das musste nichts Gutes sein. Elise war jetzt voller Zorn auf Carl.

Sie erinnerte sich, und ihr wurde ganz heiß dabei, wie er ihr gestern über den Weg gelaufen war. War da ein schlechtes Gewissen in seinen Augen gewesen? Oder Hass? Was hatte er noch gleich gesagt? *Geh nach Hause, ich kümmere mich darum.* Das konnte alles und nichts heißen. Jedenfalls hatte er nicht mit ihr reden wollen.

Dann, mit einem Schlag, wurde Elise alles klar. Das war kein Rachefeldzug, was Carl trieb. Dafür war sie ihm gar nicht wichtig genug. Rache war nur die Interpretation, die ihr Vater der Sache gab. Aber in Wirklichkeit suchte Carl bloß ganz banal seinen und

Riemenschneiders Vorteil und ging dabei über Leichen. Dabei war es ihm vollkommen gleich, dass es zufällig ihre Leiche war. Fleißig und ehrgeizig war er immer gewesen. Er hatte hochgewollt, das spürte man, deshalb war er aus der Schwalm fort nach Frankfurt. Nun war er eben Geschäftsführer bei Riemenschneider und hatte durch seine Intimkenntnisse des Best'schen Konkurrenzgeschäfts die Möglichkeit, seinem Patron langfristig einen dicken Vorteil zu verschaffen und sich damit als unentbehrlich zu empfehlen. Wahrscheinlich würde Carl eine Gehaltserhöhung bekommen, wenn der Plan aufging. Sie aber war ihm so egal wie nur irgendwas. Im äußersten Fall war ihm sein Verhalten vor ihr eine Spur peinlich, falls er sie eben damals tatsächlich gemocht und nicht nur so getan hatte. Und deswegen hatte er gestern ein Gespräch vermieden.

Das tat weh. Beinahe mehr, als wenn er sich hätte rächen wollen.

Es klingelte. Elise schrak aus ihrer Versenkung hoch, fand sich in der blauen Wohnstube wieder, so wie Gehling sie verlassen hatte. Sie hörte die Haustür gehen, dann kurz Stimmen. Elise stand auf, nahm die Schale mit den Plätzchen und verließ die Stube. Draußen schlugen wieder Türen. Als sie in den Eingangsbereich kam, war niemand zu sehen. «Tantchen?», rief sie fragend.

«Hier!», schallte es aus dem Gang zur Küche. Da musste Elise mit ihrem Plätzchenteller sowieso hin.

Als sie eintrat, lachte die Tante gerade herzhaft. Die Tante, Line und das zweite, junge Hausmädchen Trine schienen im lebhaftesten Gespräch zu sein, während Trine mit einem riesigen Holzlöffel in einem Topf Rotkraut rührte. Elise lächelte unwillkürlich. «Ich weiß nicht, was in mich gefahren ist», sagte sie selbstironisch, die Schale vorzeigend. «Ich habe drei von euren Plätzchen zerstört.»

Die Tante lachte wieder laut auf. «Die ess ich noch», sagte sie, sprach's, nahm die Schüssel und schüttete sich einen Berg Krümel in den Mund. Während sie kaute, sah sie prüfend Elise an und schalt theatralisch mit dem Finger. «Kind, Kind, du hattest schon immer diese unruhigen Hände, die überall rupfen müssen, wenn du in Gedanken bist. – Nun sag aber, es scheint alles auf dem besten Wege zu sein mit unserem Freund Gehling? Wenn ich ihn richtig verstanden habe, hast du dich ziemlich positiv geäußert. Er ist doch auch wirklich eine reizende Person. Du kannst gar nicht anders als einschlagen.»

Elise dachte, sie höre nicht recht.

«Hast du denn mit ihm gesprochen?»

«Sicher. Ich war doch neugierig. Da hab ich unseren neuen Freund vorhin abgefangen und mir einen kleinen Plausch mit ihm erlaubt. Ich glaube wirklich, dass du großes Glück hast. Ein solch sensibler Mensch. Und auch von so feinem Gesichtsschnitt. Keine grob geschusterte Handwerkerfigur wie eine gewisse Person aus deiner Vergangenheit, die wir hier gar nicht nennen wollen.»

Damit meinte sie Carl. Der hatte der Tante nie zugesagt. *Man weiß nie, was der denkt*, pflegte sie misstrauisch zu unken, schon lange bevor die gewisse Sache passiert war. Übrigens war Carl sicher fünfundzwanzig Jahre jünger als Gehling. Aber daran dachte die Tante wohl gar nicht.

«Wer war denn eigentlich eben an der Tür?», fragte Elise, um abzulenken. «Ich habe es schellen gehört.»

«Niemand, Fräulein Elise», sagte Line fröhlich, und gleichzeitig die Tante: «Ach, das war bloß fürs Holz.»

Aha.

Die Tante kam auf Elise zu und fasste sie an beiden Schultern. «Elischen, wirst sehen, es wird schön werden, wenn du deinem Hausstaat in Dingelstedt vorstehst. Ich werde dich oft besuchen kommen. Das hab ich mir bei Gehling schon ausgebeten.»

«Ach, Tantchen … ich weiß doch gar nicht, ob ich will.»

«Das, mein gutes Kind, ist noch jeder Braut so gegangen. Die Menschheit ist trotzdem noch nicht ausgestorben. – Übrigens, dein Vater will dich sprechen. Betreffs deiner Vagabunden oben. Er will wissen, ob du heute früh bei deinen Erkundigungen in der Judengasse etwas herausgefunden hast. Und ich natürlich auch. Komm, lass uns hochgehen. Dein Vater sitzt in seiner Qualmbude. Nur dass du vorbereitet bist, seine Stimmung ist heut besonders finster. – Ach nein. Weißt du, was: Wir lassen es mit dem Hochgehen. Es gibt ohnehin gleich Essen. Vielleicht ist der Gute besser zu genießen, wenn er was im Magen hat.»

Das Esszimmer war so düster, dass der Leuchter entzündet werden musste. Sonst hätte das Rotkraut genauso gut grün sein können, man hätte den Unterschied nicht gesehen. Statt Äpfeln hatte Line Blutorangen beigemengt. Da sie so viel Obst aus dem Geschäft übrig hatten, schien es Verschwendung, Äpfel zu kaufen.

Elises Bericht über ihren vergeblichen Besuch bei dem Herrn Goldfarb an der Schönen Aussicht war abgeleistet. Der Vater nutzte ihn zunächst als Stichwort, um kräftig über die Juden zu schimpfen. Früher war er keiner von denen gewesen, die immer alles auf die Juden schoben, die angeblich zu viele Privilegien hatten. Aber seit der Vater nach dem Schiffbruch seiner zweiten Ehe zum ewigen Grantler und Nörgler geworden war, hatte nun auch er sich die Feindschaft gegenüber den Juden angewöhnt. Angeblich gebührten ihnen keine Bürgerrechte, weil sie keine guten Deutschen waren. Hatten sie sich denn am Freiheitskampf gegen Napoleon beteiligt? Nicht, dass man wüsste. Elise hätte dagegen so einiges einwenden können, aber hielt ihren Mund und ließ ihrem Vater sein Ventil.

Als der Kaufmann Best mit der Leier von den Juden durch war und sein Stück Kochfleisch aufgegessen hatte, langte er wieder beim vorherigen Thema an: Elises «Vagabunden».

«Naiv, wie du bist, ahnst du natürlich nicht, wen du uns da ins Haus geschleppt hast», begann er süffisant und genoss Elises erschrockenen Blick. Er gab sich ganz den Anschein, als hätte er eine geheime Information, mit der er bisher hinterm Berg gehalten hatte.

«Wieso, wen denn?», fragte die Tante trocken und nahm einen Schluck Wein. «Sind die beiden im ganzen Land gesuchte Betrüger oder wie?»

«Na, beinahe», sagte der Vater. Elise saß stocksteif. War sie wieder so dumm gewesen, ihr Vertrauen jemandem zu schenken, der es nicht verdiente? Doch die Tante, die weniger persönlich betroffen war, ließ sich nicht beeindrucken.

«Soso. Ich muss sagen, das junge Mädchen ist schon ein bisselchen seltsam. So als ob sie was zu verbergen hätte. Sie erzählt ja auch nichts von sich. Aber das Jüngelchen, das ist echt. Ich glaub nicht, dass so ein kleiner Bursche sich so verstellen kann.»

«Der Junge ist ein armer Kerl», stimmte der Vater zu. Elise atmete auf. «Dem Bübchen kann ich bei seiner Lage sogar verzeihen, dass es dem Stamme Juda entsprossen ist», sprach er weiter. «Was sind das für Leute, die ein Kind bei dem Wetter ins Ungewisse schicken? Man schickt ja einen Hund nicht vor die Tür in diesem Dezember. Aber diese Marie … ich habe sie mir vorgenommen, heute früh, als du fort warst, Elise. Hab gesagt, sie solle mir mal hopp, hopp ihre Papiere, ihr Dienstbuch zeigen. Da holt sie eine abgegriffene Geburtsurkunde hervor. Was anderes hätte sie nicht dabei. Und wie sie mir das Zettelchen entgegenhält, bricht sie in Tränen aus.»

«Nach abgefeimter Betrügerin hört sich das eigentlich nicht an», wagte Elise vorsichtig. (Aber wenn die Tränen geschauspielert waren?)

Der Vater lachte. «Naa, abgefeimt ist nicht das rechte Wort. Dumm schon eher. Dumm und in dem Alter schon verdorben. Da kann man nur hoffen, dass ihr alles, was ihr widerfahren ist, eine Lehre sein wird. Wie sie den Jungen aufgelesen hat auf dem Weg, zeigt ja, dass ein guter Kern noch irgendwo vorhanden ist.»

«Ach, nun mach nicht so ein Geheimnis!», schalt die Tante. «Was willst du sagen, die Kleine wäre vom liegenden Gewerbe, oder wie? Hier sind lauter erwachsene Leut, du kannst es ruhig aussprechen.»

Elise war das jetzt unangenehm. Tantchen wie auch Schwester Bärbel hingegen hatten in diesen Dingen keinerlei Scheu.

«Nein, nein, das nun auch wieder nicht», winkte der Vater fast entsetzt ab. «Sei doch nicht immer so vulgär bei Tisch, Lotte. Nein, was die gute Marie betrifft, ich sagte doch schon, abgefeimt ist sie nicht, nur dumm. Sie hat mir heut früh die ganze Geschichte gebeichtet. Im Sommer ist sie von ihren Eltern in Umstadt ausgebüxt. Von einem Tag auf den anderen ausgebüxt.»

Wie Helena, des Vaters zweite Frau, dachte Elise. Die war auch von einem Tag auf den anderen fort.

«Und wo ist sie hin?», fragte die Tante.

«Zu einem Mann in Mainz-Kastell, in den sie verschossen war.

Ein Leutnant. Der hatte im Jahr davor um ihre Hand angehalten. Die Eltern waren aber strikt dagegen gewesen. Die Eltern sind Handwerkersleut, und der Leutnant schien ihnen nicht solide genug. So ein Weiberheld eben, den jeder sofort durchschaut, nur nicht die Frauen, die er umwirbt.»

«Und dann?», fragte Elise, die geradezu erleichtert war. Warum hatte sie Marie noch nicht selbst ausgefragt? Genau so eine Geschichte hatte man doch vermuten müssen.

«Na, wie das so geht», sagte der Kaufmann Best mit befriedigtem Unterton. Er lehnte sich zurück und faltete die Hände auf dem rundlichen Bauch unter seiner Weste, wie zum besonderen Genuss. «Auch die flammendste Liebe besteht eine solche Probe keine zwei Monate. Der gute Leutnant war bei täglichem Umgang dann doch nicht mehr so charmant. Hat auch getrunken, und nicht zu knapp. Aber unsere Pechmarie hatte ihn natürlich sofort nach ihrer Ankunft in Mainz-Kastell überstürzt geheiratet. Und nun konnte sie nicht einfach wieder zurück. Zumal die Eltern sie brieflich wissen ließen, sie wäre nach diesem Vertrauensbruch enterbt und man wolle sie niemals mehr wiedersehen.» Der Kaufmann Best legte an dieser Stelle den Kopf mit der langen Nase und dem langen Kinn in den Nacken und lachte schallend. «Nicht einmal das Luder Helena wäre so dumm gewesen», sagte er, als er sich beruhigt hatte. «So dumm, zu glauben, dass ich sie anstandslos wieder nehme, wenn sie reuig zurückgelaufen kommt. Aber unsere naive Marie, die hofft jetzt, dass die Eltern in Umstadt die Arme aufhalten, wenn sie kurz vor Weihnachten plötzlich vor der Tür steht. Will die Suppe nun doch nicht auslöffeln, die sie sich eingebrockt hat.»

Elise und die Tante warfen sich einen verstohlenen Blick zu. Es war klar, dass es dem Vater mindestens zur Hälfte um Helena ging. In Wahrheit hatte der Kaufmann Best sich immer gewünscht, es möge seine junge, schöne Frau reuen, aus einer Laune und kindischer Liebe (wie er zu sagen pflegte) zu einem anderen Mann in die Fremde geflohen zu sein. Und dann noch als verheiratete Frau. Lange hatte der Vater damit gerechnet, Helena würde reuig heimkehren. Und vor jedem Weihnachtsfest, wenn die Erinnerungen kamen, hoffte etwas in ihm vielleicht noch immer, dass sie durch eine Art weihnachtlicher Magie an Heiligabend vor der Tür stände. Elise hatte wenig Zweifel, dass er sie nach vielem Schimpfen und Wüten wieder aufnehmen würde.

«Hat der Leutnant Marie geschlagen?», fragte Elise besorgt, das Thema Helena ignorierend. Der Einzige, der Helenas Namen ungestraft in den Mund nehmen durfte, war selbstverständlich der Vater selbst.

«Das wohl zuletzt auch», sagte der Vater, nahm einen Kanten Brot aus dem Korb und wischte damit auf seinem Teller herum.

Die arme Marie, dachte Elise. Kein Wunder, dass sie sich davongemacht hatte. Aber was für ein Gefühl, loszureisen, ohne zu wissen, ob die Eltern einen einlassen würden, bei dieser Kälte und mit einem Mantel, den sie wahrscheinlich ihrem Mann gestohlen hatte. Man stelle sich vor, die Eltern schickten sie zu ihrem Leutnant zurück. Da würde es ihr übel ergehen. Nicht auszudenken.

Plötzlich wallte in Elise eine große Zärtlichkeit zu ihrem Vater auf, weil sie spürte, dass Marie ihm leidtat. Trotz all seines Kummers und Ärgers über die ausgebüxte Helena.

«Ich habe der Ausreißerin einen Moralvortrag gehalten, wie es sich gehört», nahm der Vater den Faden wieder auf. «Dann hab ich ihr gesagt, sie wäre aber doch eine brave Person, dass sie in ihrer Lage noch dem fremden Jungen geholfen hat. Mein Beschluss ist, sie kann bis Heiligabend früh bleiben. Dann setzen wir sie in die Eisenbahn nach Darmstadt, und von da muss sie sehen, wie sie sich bis Umstadt durchschlägt und was ihr dort widerfährt.»

«Gut», sagte Elise erleichtert. «Bis dahin kann sie uns noch mit dem kranken Josua zur Hand gehen. Und am Heiligen Abend sind Maries Eltern hoffentlich milde gestimmt. Dann ist doch fürs Erste alles geklärt.»

«Nein, nicht alles, mein Kind», mischte sich die Tante ein. Doch bevor sie weitersprechen konnte, wurde sie von der Glocke an der Haustür unterbrochen. Kam es Elise nur so vor, oder ging es heute im Haus zu wie in einem Taubenschlag? Mit einem Ruck sprang die Tante auf, sagte: «*Ich* gehe!», als hätte ihr das jemand verwehrt. Nach keiner halben Minute kehrte sie an den Tisch zurück, ein kleines Strohkörbchen in der Hand, das mit einem bestickten Tuch zugedeckt war. Ihre Augen glänzten, und der Kopf ruckelte verdächtig. «Nun rate mal», sagte sie schelmisch zu Elise, «was ich dir mitgebracht habe!» Lockend hielt sie ihrer Nichte das Körbchen vor die Nase und ließ es hin- und herbaumeln.

«Ich habe keine Ahnung», sagte Elise. (Warum dachte sie, es könnte etwas mit Carl zu tun haben? So ein Unsinn. So ein vollkommener Unsinn.)

«Dann heb doch mal das Tüchlein ab», sagte die Tante.

«Ja, sapperment, wollt ihr das vielleicht nachher erledigen, wenn wir fertig gegessen haben?», schimpfte der Vater. Line hatte unterdessen den Nachtisch aufgetragen, einen Pudding mit Zimt, Rum und, natürlich, Blutorangen. Die Tante hob jetzt den Zeigefinger an die Lippen, sah ihren Bruder verschwörerisch an und machte: «Scht!»

Elise ahnte Böses. Der Korb baumelte immer noch vor ihrer Nase. Sie griff nach dem Tuch, das den Inhalt verdeckte, und zog es ab.

Du lieber Gott. Ein Quetschemännchen. Ein hässliches, verschrumpeltes Quetschemännchen mit einer bemalten Walnuss als Kopf, darauf ein Zylinder, und wie üblich aufgespießten Trockenpflaumen als Arme und Beine, daneben ein Zettel. Elise bekam feurig heiße Wangen vor Schreck, hörte die Tante gackernd kichern. Wie unter einem Zwang griff Elise nach dem Zettel. Sie ahnte, was dort geschrieben stehen musste. Nämlich das Folgende:

Verehrte, werte – geliebte Elise! Ein Vögelchen hat mir zugetragen, wie in Frankfurt Liebende miteinander verkehren. Auch ich will mich dieser Sitte anschließen und übersende Ihnen hiermit diesen kleinen Kerl, der so allerlei symbolisiert, und hoffe, dass Sie ihn freundlich bei sich aufnehmen. In glühender Erwartung verharrt Ihr Sie bewundernder Friedrich S. Gehling (Pastor, Lic. Theol.)

Elise seufzte, nahm der Tante das Körbchen aus der Hand und stellte es neben ihrem Puddingschälchen auf dem Tisch ab. Es schien unendlich schwer zu sein.

«Na, freust du dich?», fragte die Tante, die immer noch erwartungsfroh neben ihr stand. «Sieh doch, Ernst, wie rot sie geworden ist! Natürlich freut sie sich. Elischen, wir glauben dir nicht, wenn du das Gegenteil behauptest.»

Elise war sich sicher, dass sie gerade eben wieder blass wurde. Jedenfalls war ihr ganz schlecht. «Ist der Bote noch da?», fragte sie schwach.

«Nein, der ist gleich wieder gegangen», antwortete die Tante.

Was hieß das nun? Intrige der Tante? «Aber nicht, weil du ihn weggeschickt hast?», fragte Elise zur Sicherheit. «Nein, i wo!», behauptete die Tante und legte die Hand aufs Herz.

Die Sitte mit den sogenannten Quetschemännchen war nämlich so: Bekam man eines von einem Mann gesandt und behielt es, dann hieß das, man wolle auch den Mann, von dem es kam. Wenn man aber auf den Antrag per Quetschemännchen mit Nein antworten wollte, musste man das Männchen wieder an seinen Absender zurückschicken. Und zwar möglichst sofort. Elise war unter Zugzwang. Warum bedrängte Gehling sie so? Konnte er nicht in Ruhe auf ihre Entscheidung warten? Er war ja gerade erst eine Stunde fort, da kam schon das Ultimatum!

«Ich muss nachdenken», sagte sie schroff, raffte ihren Rock, sprang auf und lief aus dem Esszimmer. Ihren Pudding ließ sie stehen, ebenso das Körbchen mit dem grinsenden kleinen Trockenfrüchtemann. In der Diele erst fiel Elise auf, dass sie nicht in ihr Zimmer flüchten konnte. Da waren ja Josua und Marie, und sie wollte jetzt einfach nur allein sein. Sie nahm trotzdem die Treppe hoch. Im ersten Stock angekommen, schloss sie sich in dem unbenutzten und unbeheizten kleinen Gästezimmer ein. Überall im Haus gab es morgens Eisblumen an den Fenstern. Hier aber bildeten die Eiskunstwerke eine dicke Schicht, in der ein Geflecht aus Eiskristallen das nächste überlagerte wie ein verwunschener Wald. Es war düster und so kalt, dass Elises Atem bei jedem Zug kondensierte. Die Kälte war fast wohltuend. Sie kühlte das überhitzte Gemüt. Und während Elise tief die kalte Luft einatmend die Kruste aus Eisblumen am Fenster betrachtete, den einzig hellen Fleck im Raum, da schälte sich unter all den eisigen Gebilden ein kleines Figürchen mit einem Rock hervor. Wenn man nur lange genug hinsah, entdeckte man immer die merkwürdigsten Bilder im Eis. Da fiel plötzlich Elise ein, was sie tun konnte. Die Idee war ziemlich albern, aber …

«Kind! Elischen! Wo bist du?», rief es von draußen. Die Tante. Mein Gott, konnten die anderen sie nicht *einmal* in Ruhe lassen? Nicht mal bei dieser wichtigen Entscheidung? Elise atmete durch, dann gab sie Antwort und verließ sogleich das kalte kleine Zimmer, um auf dem Treppenabsatz natürlich geradewegs der Tante in die Arme zu laufen.

«Ist die Idee mit dem Quetschemännchen nicht reizend?», rief die ganz verzückt.

«Mein Gott, Tantchen», seufzte Elise. «Mir geht das alles viel zu schnell. Im Gegenteil, ich finde es ungeschickt von Gehling, mich mit diesem Trick zu einer überstürzten Entscheidung zu drängen. Das weckt eher den Trotz in mir.»

«Na ja», sagte die Tante. «Du musst es ihm nachsehen. Ehrlich gesagt, das mit dem Quetschemännchen war so ein bisselchen meine Idee, ich –»

«Wie? Das war deine Idee?»

«Ja. Ich hatte ihm heute vor dem Essen, als er ging, von der Sitte erzählt und ob es nicht eine schöne Geste wäre, wenn er dir –»

«Ach nein, das glaub ich nicht!», sagte Elise, die sich vollkommen verraten fühlte. «Wie kannst du dich nur so einmischen und mich in eine solche Lage bringen! Wenn du den Gehling so wunderbar findest, nimm du ihn doch, dann bin ich ihn los!»

«Also wirklich, Elise!», rief die Tante entrüstet. Aber da war ihre Nichte schon an ihr vorbei und die Treppe hinunter. Ganz unten hörte man nur noch die Eingangstür schlagen. Kurz darauf zeigte der Kaufmann Best sein Gesicht in der Diele, sah kauend erst zur Haustür, dann hoch zu seiner Schwester, die noch auf der Treppe stand. «Was hat sie denn jetzt vor?», fragte er, ohne sich besonders sorgenvoll oder überrascht zu zeigen.

«Ich weiß es nicht, Ernst, ich weiß es nicht», sagte die Tante betrübt, während ihr Vogelkopf heftig zitterte.

❄

Elise war zu den Weihnachtsmarktständen am Dom gelaufen. Die lagen am nächsten. Eilig erstand sie ihrerseits eins der raren Quetscheweibchen und hetzte zurück nach Hause. Ganz leise ließ sie sich ein und schlich nach oben, um keine inquisitorischen Fragen von Tante oder Vater beantworten zu müssen. In ihrem Zimmer fand sie zu ihrer Freude ihre Gäste sehr wohlauf vor. Josua saß im Bett, und Marie war dabei, ihn einen einfachen Kartentrick zu lehren.

«Tante Elise, ich hab fast kein Fieber mehr!», rief Josua ihr zu. «Bloß die Füße und die Finger tun immer noch so weh.»

«Der Doktor sagt, das wird auch noch ein Weilchen dauern», sagte Elise. «Aber wir können dich zum Glück schön hier pflegen, sodass du dich ausruhen kannst und die Füße nicht benutzen musst.» Sie strich ihm über die Stirn, überprüfte, ob die schlimmen Füße warm und trocken gebettet waren. Das Feuer brannte fröhlich vor sich hin. So warm hatte es Elise in ihrem Zimmer lange nicht gehabt.

Sie nahm sich einen Stuhl, setzte sich neben Josua ans Bett. «Ich hab dir noch gar nicht erzählt, dass ich heute Morgen deinen Onkel suchen war, den Herrn Goldfarb», begann sie. Josua sah sie in ängstlicher Erwartung an.

«Er ist umgezogen», berichtete Elise. «Er wohnt jetzt in einem ganz großen Haus direkt am Main. Nur ist er leider im Augenblick nicht da, sagt seine Haushälterin. Er ist zur Kur im Thüringer Wald. Die Haushälterin meint, er wird zurückkommen, sobald das Wetter es erlaubt. Dann werde ich wieder zu ihm gehen. Aber dein Onkel scheint ein wohlhabender Mann zu sein. Du musst dir keine Sorgen machen. Es wird schon alles in Ordnung kommen.»

«Wohnt mein Onkel weit von dir?», fragte Josua.

«Nein, gar nicht. Du kannst mich oft besuchen kommen. Oder ich dich.»

Das sagte Elise so dahin. Und dann fiel ihr ein, dass sie wahrscheinlich bald überhaupt nicht mehr in Frankfurt sein würde, sondern in Norddeutschland, und dort selbst ganz allein unter Fremden wäre. Eigentlich genau wie Josua nach dem Tod seiner Eltern. Sie strich dem Jungen durchs Haar und verbiss sich eine Träne.

«Macht ihr nur weiter, ich muss jetzt schnell einen Brief schreiben», beendete sie das Gespräch und setzte sich an ihr Schreibkommödchen. Was sie schrieb, an Gehling natürlich, war nicht besonders lang. Sie faltete den Brief, adressierte ihn und legte ihn zu der bunten Papiertüte, in die sie das Quetscheweibchen hatte einwickeln lassen.

«Marie, können Sie mir einen Gefallen tun?», fragte sie.

«Aber natürlich», sagte Marie und kam auf Elises Wink herbei.

«Dieser Brief und die Tüte müssen im Haus des Pfarrers Wartenstein zugestellt werden. Ich erkläre Ihnen gleich, wie Sie hinkommen. Es ist nicht weit.»

Marie nickte.

«Mein Vater hat uns Ihre Geschichte erzählt», fügte Elise leise hinzu. «Ich meine, ich wollte Ihnen nur sagen, dass ich informiert bin.»

«Ach, Fräulein Elise, ich hätte Ihnen das gestern schon erzählen sollen. Aber ich hab mich nicht getraut.»

«Ach was. Wir hatten ja gestern ohnehin andere Sorgen. Was ich nur wissen will, haben Sie meinem Vater alles gesagt, oder ist da noch etwas, das Ihnen das Herz drückt?»

Marie seufzte nur tief.

«Ah», sagte Elise leise. «Wir sprechen noch darüber. Jetzt eilt dieser Brief hier. – Josua, mein Kleiner, können wir dich ein Viertelstündchen alleine lassen? Ich muss nämlich auch noch mal fort.»

«Ich hab ja alles, was ich brauche», sagte der Junge tapfer.

Elise ihrerseits brauchte noch zehn Minuten, bis sie sich bereit gemacht hatte. Sie kämmte und band sich die Haare neu und puderte sich das Gesicht, und dann zog sie sich warme Stulpen über die Beine. Ihr Plan war folgender: Sie wollte nach Carl suchen, und dann wollte sie ihm ihre Meinung sagen, ihn wissen lassen, was sie von ihm hielt und in welche Lage er sie gebracht hatte. Dabei wollte sie weder frieren noch sich hässlich fühlen.

Und Gehling – natürlich würde sie ihn am Ende heiraten. Es blieb ihr ja kaum etwas anderes übrig. Aber er sollte bloß nicht denken, dass sie sich schieben und biegen ließ, ohne je einen Widerstand entgegenzusetzen. Er musste ihr schon die nötige Zeit lassen, um sich mit ihm und einem derart folgenschweren Entschluss anzufreunden. Selbst der Vater konnte nicht von ihr erwarten, dass sie einem Mann ein Eheversprechen gab, den sie gerade einmal vierundzwanzig Stunden kannte.

Anders als der Kaufmann Best betrieb die Compagnie Riemenschneider ein Geschäft *en gros et en détail*, das heißt einen Laden, der auch für Publikumsverkehr geöffnet war und nicht nur für Händler. Elises Herz schlug mächtig, als sie den Laden auf der Zeil erreichte. Beinahe hätte sie vor Angst gekniffen. Doch dann betrat sie den Verkaufsraum doch.

Carl war nicht zu sehen. Nur ein Fräulein mit Lorgnette. Elise atmete durch, dann fragte sie, ob der Geschäftsführer im Hause sei und ob sie ihn kurz privat sprechen könne. Sie sei Fräulein Best vom Großhandel Best.

«Ich werde mich erkundigen, warten Sie doch bitte», sagte die Angestellte und verschwand nach hinten.

Jetzt erst, da Elise wirklich hier bei Riemenschneider stand, schoss ihr eine jähe Hoffnung in den Sinn: Sollte sie nicht lieber nett tun und ihn überreden, die unehrenhafte Konkurrenz zu beenden, sodass der Bankrott für das Handelshaus Best abgewendet würde? Dann sähe ja die Zukunft ganz anders aus! Sie müsste Gehling nicht heiraten, der Vater wäre seiner Sorgen enthoben … Ja, es war doch ihre Pflicht, dies wenigstens zu versuchen! Es war ganz richtig, dass sie hergekommen war.

Nach einer Minute war das Fräulein wieder da. «Bitt schön», sagte es und machte Elise ein Zeichen, nach hinten zu folgen.

Carl, wie gestern gekleidet, saß in einem Kontorraum, viel größer und heller als der Best'sche, mit einer breiten Fensterfront. Der mächtige Schreibtisch stand auf einem erhöhten Podest vor einer Regalwand mit Akten. Als Elise eintrat, legte Carl die Feder nieder, die er in der Hand gehalten hatte. Wie sah er seriös aus in seiner Weste mit Vatermörder und Plastron. Das Fräulein verschwand und schloss die Tür. Sie waren alleine, und Elise verschlug es die Sprache. Die Gegenwart Carls schnürte ihr die Kehle ab. Sein Blick war nicht zu deuten.

Er war es, der nach einem Moment des Schweigens das Wort ergriff.

«Soso. Da bist du also tatsächlich gekommen.»

Der Ton war kühl. Elise spürte ihren Zorn zurückkommen. Er hatte ihrer Familie so sehr geschadet, und nun trieb er auch noch Spielchen mit ihr.

«Was soll das heißen?», fragte sie, noch einmal so kühl.

«Gar nichts. Dass du meinem Vorschlag gefolgt bist.»

Nun war Elise ehrlich verwirrt. Abgesehen davon, dass der Klang seiner Stimme ebenfalls zur Verwirrung beitrug, weil ihr die Erinnerung zurückkam, wie sehr sie einmal diese Stimme gemocht hatte, die sich jetzt so kalt anhörte. «Welchem Vorschlag?», fragte sie. «Ich weiß von keinem Vorschlag.»

Carl stand von seinem Sessel auf, kam um den Tisch und lehnte sich im Stehen an die Tischkante, die Arme verschränkt. Er sah sie nicht an, sondern zum Fenster.

«Dass wir mal miteinander reden sollten.»

«So? Als wir uns am Main getroffen haben, hast du davon allerdings kein Wort gesagt. Ich glaube, du hast gesagt, ich soll doch bitte weggehen und dich machen lassen. Wie ist es eigentlich dem Droschkenfahrer noch ergangen?»

«Nur ein paar Prellungen und eine gebrochene Rippe, sagte der Chirurg. – Elise, tu nicht so ahnungslos. Ich habe heute Vormittag eine Karte bei euch abgeben lassen. Oder willst du sagen, dass du sie nicht bekommen hast?»

«Eine Karte? Nein. Die hab ich wirklich nicht bekommen. Ich hatte bloß einmal die Glocke gehört und gefragt, wer das war. Und dann hieß es, es sei jemand für das Holz gewesen. Wenn es stimmt, was du sagst, dann hat wohl meine Tante die Karte abgefangen. Zuzutrauen wäre es ihr. Sie mischt sich gern ein, wie ich in letzter Zeit gemerkt habe.» Elise war erleichtert, dass sich ihre Zunge jetzt gelöst hatte. Aber sie redete ein bisschen nervös und ein bisschen viel, sie musste aufpassen, wo das enden würde.

«So bist du also von selber gekommen? Dann wundert es mich eigentlich, dass du die Idee nicht schon früher hattest.»

Was gibt ihm das Recht, so überheblich daherzureden?, dachte Elise. «Na ja», sagte sie, «ich wäre wohl schon früher gekommen. Aber es ist so, ich habe von deinen … deinen Umtrieben erst jetzt erfahren. Ich wusste bis gestern nicht, dass du Geschäftsführer bei Riemenschneider bist.»

Carl lachte höhnisch.

«Meine Umtriebe», sagte er. «Natürlich, deshalb bist du da.» Er schwieg nachdenklich und sah wieder zum Fenster hinaus.

Elise schwieg ebenfalls, wartete, dass er sich erklären würde. Oder vielleicht entschuldigen? Das wäre ein guter Anfang.

«Ach, weißt du», sagte er schließlich, «ich weiß bald selber nicht mehr, warum ich das eigentlich angefangen habe. Das Problem ist, nachdem Riemenschneider angebissen hat, ist es schwer für mich, mit dem Spiel wieder aufzuhören. Der Patron will jetzt die Früchte seiner Arbeit sehen.»

Die Früchte seiner Arbeit. Elise spürte heißen Zorn, weil Carl das so salopp dahinsagte. Mit beinahe zitternder Stimme fragte sie, um Selbstbeherrschung bemüht: «Und diese Früchte wären … unser Bankrott?»

Er zuckte mit den Schultern. «So ungefähr.»

Jetzt konnte Elise sich nicht mehr beherrschen. «Was bist du doch für ein Mensch, Carl!», rief sie. «Und ich hatte dich für so ehrlich und warmherzig gehalten. Ich glaube, ich habe dich gar nicht richtig gekannt.»

Er lachte auf, dann sah er ihr direkt ins Gesicht.

«Ich Sie auch nicht, Fräulein Best. Dass du mich fallen lassen würdest wie eine heiße Kartoffel, bloß weil's dem Herrn Papa nicht passt. Du wolltest bloß spielen. Du hattest nicht viele Verehrer und bist nie tanzen gegangen wegen deinem Bein, und da hast du halt zum Amüsement was mit den Angestellten angefangen. Mit dem nächsten und dem vorigen hast du's wahrscheinlich genauso getrieben. Was Ernstes war da nie beabsichtigt.»

Elise spürte ihre Wangen glühen. Aus irgendeinem Grund stach es ihr besonders ins Herz, dass er ihr Bein erwähnte.

«Was für ein Unsinn», sagte sie. «Was hätte ich denn gegen meinen Vater ausrichten können? Du hast doch auch gekuscht.»

Er lachte noch einmal. «Ja, aber ich war der Angestellte. Und er droht mir mit den Gendarmen, und das Fräulein höhere Tochter steht daneben und sagt keinen Ton. Nicht mit einem Wort hast du mich verteidigt.»

«Aber …» Elise fiel nichts zu sagen ein. Wie konnte sie Carl das erklären? Dies war eben die Methode, wie man am besten mit dem Vater umging: Man ließ ihn schimpfen, bis der Zorn verraucht und er wieder der Vernunft zugänglich war. Vor allem aber war ihr Schrecken damals so groß, sie war einfach sprachlos gewesen. Später hatte sie es natürlich versucht. Doch da hatte er sie ausgelacht und sie sich so klein und armselig fühlen lassen mit seinem Lästern über ihr Bein und ihre Haare und dass kein Mann jemals …

«Carl, ich war überrumpelt, genau wie du. Ich dachte außerdem, in zwei Stunden hat er sich wieder beruhigt. Dass er dir wirklich kündigen würde, hätte ich nie gedacht.»

«Ach nein. Hat er aber. Ich wüsste nicht, dass du was dagegen unternommen hättest. – Du hättest dich ja wenigstens danach mal bei mir blicken lassen können.»

«Aber … ich meine … ich wusste ja nicht mal, wo du wohnst.»

Er lachte wieder laut auf. «Nein, so wichtig war ich auch wieder nicht, dass die höhere Tochter sich die Mühe macht zu eruieren, wo der niedere Angestellte seine bescheidene Bleibe hat. Mein Gott, wenn du dich reden hören könntest.»

«Entschuldigung, ich bin nicht an allem schuld. Du hättest mir ja zum Beispiel mal schreiben können.»

«Ach Gott. Hab ich doch. Zweimal, ich Esel. Dann war klar, entweder du willst mir nicht antworten, oder die Briefe werden abgefangen. Du hättest dir doch denken können, dass dein Herr Papa und das werte Tantchen Briefe von mir nicht durchlassen. Leider kannte er ja meine Schrift. – Weißt du, Elise, ich habe mich getäuscht, es hat keinen Zweck zu reden. Das kann nicht mehr gut werden. Was haben wir uns jetzt schon noch zu sagen? Den Karren haben wir beide in den Dreck gefahren. Erst du, später dann ich mit meiner Idee, deinem Vater Konkurrenz zu machen. Du gehst jetzt am besten, damit wir das Trauerspiel beenden.»

Elise zog es das Herz zusammen bis auf einen stechenden Punkt. Sie sagte kein Wort mehr, machte nach einem Moment der Lähmung nur schnell, dass sie fort und aus dem Laden kam, bevor ihr die Tränen in die Augen schossen. Gerade so schaffte sie es, dem Fräulein im Verkaufsraum noch ein passables «Wiedersehen» zuzurufen.

Zwei Stunden später, es dunkelte schon, kehrte Elise heim. Sie nahm den Weg vorbei am Dom, wo im Lichtschein der Verkaufsschirnen Frauen mit ihren Kindern Weihnachtsschmuck auswählten. Es war so friedlich hier. Elise war in der Eiseskälte geistesabwesend am Main entlanggelaufen, dann hatte sie sich besonnen und war zum Aufwärmen und Reden zu ihrer Schwester Bärbel gegangen. Die Tränen hatte sie längst besiegt und war jetzt eigentlich ganz ruhig.

Was sie allerdings zu Hause vorfand, war alles andere als Ruhe und Seelenfrieden. Die Tante kam ihr wie ein Kuckuck aus der Uhrentür entgegengesprungen, sobald Elise in die Diele trat. «Wo warst du?», schallte es ihr ins Gesicht, so böse, wie Tante Lotte eben klingen konnte.

«Bei Bärbel», antwortete Elise, weil diese Antwort am wenigsten kompliziert erschien. Sie streifte die Straßenschuhe ab und zog Pantoffeln über.

«Warum kannst du dich nicht richtig abmelden und sagen, wohin du gehst und wann du wiederkommst? Der Vater hat dich für Schreibarbeiten gebraucht. Und ... äh, Gehling war da und wollte dich sprechen, und es war wirklich sehr peinlich, weil ich ihm nicht sagen konnte, wann wir dich zurückerwarten.»

«Gehling wollte mich sprechen?»

«Ja, das ist ja wohl kein Wunder, nach der seltsamen Nachricht, die du ihm geschickt hast.»

«Ach. Was war denn daran seltsam?»

«Na ja, ich bitte dich!», sagte die Tante und lachte hysterisch.

«Ist in der Stube der Ofen an?», warf Elise ein, die sich erst einmal wärmen musste. Das fehlte noch, dass sie krank wurde. «Ja», sagte die Tante und kam Elise hinterher, die sich seufzend auf der Ofenbank niederließ, die Pantoffeln und Strümpfe auszog und die nackten Füße auf die Kacheln stellte.

«Ich weiß nicht, was in dich gefahren ist», schimpfte die Tante. «Erst wimmelst du den armen Gehling mit dieser albernen exzentrischen Nachricht ab, jetzt setzt du dich mit nackten Füßen in die Stube wie eine Zigeunerin –»

Elise reichte es. «Und ich weiß nicht, was in dich gefahren ist, dass du meinst, dich dauernd in meine Herzensangelegenheiten mischen zu müssen. Gehling hat mir nach vierundzwanzig Stunden Bekanntschaft die Pistole auf die Brust gesetzt mit diesem Quetschemännchen, zu dem du ihn überredet hast, und ich habe lediglich sanft die Pistole zur Seite geschoben und mich dabei an den Ton gehalten, den er mit seinem Brief begonnen hat. Ich habe ihm geschrieben, dass das Männchen bis Weihnachten zur Probe bei mir bleiben darf und dass er mein Weibchen dafür ausprobieren soll und wir nach Weihnachten entscheiden, ob wir die beiden als Familie vereinen oder jedes wieder zu seinem Eigentümer zurückgeht. Ich wüsste nicht, was daran so böse ist.»

Die Tante setzte sich neben Elise auf die Ofenbank. «Kind. Der Gehling ist ein lieber, guter Mensch. Du mehr als alle anderen solltest wissen, dass es auf den Charakter am meisten ankommt.»

«Es ist freilich leicht, vierundzwanzig Stunden lang einen guten Charakter zu zeigen, ohne eine echte Probe bestehen zu müssen. Im Übrigen habe ich den guten Charakter von Gehling nicht abgestritten. Ich will nur nichts überstürzen.»

«Es ist aber doch nun einmal so, der Gute muss in wenigen Tagen in seine Pfarrei zurück. Du wirst ihn doch nicht ohne definitive Auskunft gehen lassen. Er hatte ja ursprünglich sogar gehofft, dich gleich mitzunehmen und eine Weihnachtshochzeit zu veranstalten. Man kann ihn doch nicht noch länger alleine lassen mit seinen fünf Kindern.»

«Weihnachtshochzeit?», fragte Elise entsetzt. «Das meinst du doch nicht im Ernst. Der Mann kann doch nicht hierherkommen und glauben, dass er drei Tage später mit einer Braut im Schlepptau wieder zurückfährt.»

«Och, warum denn eigentlich nicht? Warum bis zum Frühling warten? Ich habe mich angeboten, dass ich ein paar Wochen mitkommen würde und mich um die Festlichkeiten kümmern und dir die Kammerjungfer spielen, damit du für den Anfang nicht so alleine bist.»

Elise stellte ihre Füße auf den Boden und sah ihre Tante entsetzt an. «Tante Lotte, hör mir bitte zu. Ich bin dreißig Jahre alt. Dies ist das letzte, hörst du, das letzte Mal, dass du dich in meine Angelegenheiten einmischst. Ratschläge kannst du mir geben. Aber hinter meinem Rücken Pläne aushecken – das will ich nie wieder erleben, hörst du?»

Die Tante sah pikiert und erschrocken drein.

«Nun ja», sagte sie. «Bitte, wenn du darauf bestehst. Ich wollte dir nur helfen. Oft weiß man ja selbst nicht, was am besten …»

«Wenn *ich* nicht weiß, was am besten für mich ist», sagte Elise, «dann weißt du es ganz bestimmt nicht.» Noch nie hatte sie so hart und bitter zu ihrer Tante gesprochen. Aber sie konnte nicht anders, sie musste an die Zeiten vor drei Jahren denken, als sie so sehr auf eine Nachricht von Carl gewartet hatte, und heute wusste sie, man hatte ihr diese vorenthalten. Was wäre alles anders verlaufen, wenn Vater und Tante sich nicht eingemischt hätten …

«Habt ihr sie eigentlich gelesen, die Briefe, die ihr damals abgefangen habt?», rutschte es Elise böse heraus.

«Ich weiß nicht, wovon du redest», behauptete die Tante, und es hörte sich furchtbar geheuchelt an.

«Ach, nichts», korrigierte Elise sich. Das Letzte, was sie jetzt gebrauchen konnte, waren irgendwelche Vorträge von Tante oder Vater betreffs Carl. Sie schlüpfte schnell in ihre Pantoffeln, stand auf und verließ den Raum. An der Tür drehte sie sich noch einmal um. Die Tante tat ihr bei allem Ärger doch auch wieder etwas leid. Sie wollte nicht im Bösen scheiden.

«Tantchen? Mach dir keine Gedanken. Aber du hast das verstanden, ja? Ich muss meine Angelegenheiten wirklich selber ordnen.»

Die Tante stand ebenfalls auf, zupfte sich das Kleid zurecht. «Ja, gut, bitte, wenn du darauf bestehst.»

«Dann gehe ich jetzt schon einmal hoch. Morgen sehen wir weiter.»

«Halt, Augenblick, mein Fräulein. Das ist ja noch nicht alles, was in deiner Abwesenheit vorgefallen ist.»

«Oje. Was war denn noch?»

«Eine Dienstperson von diesem Goldfarb war da, dem Onkel von deinem Josua. Sie müsse leider ausrichten, dass ihr Herr im Thüringer Wald plötzlich verstorben sei, und wenn das Fräulein Best noch etwas an ihn auszurichten habe, dann sei der Sohn des Goldfarb, ein Herr Fechner, die beste Adresse. Nur dass dieser ab morgen auch einige Tage nicht da sein wird, weil er seine Mutter und die Leiche seines Vaters heimholen fahren muss.»

«Ach du lieber Himmel», seufzte Elise. «Das ist schlimm. Hast du es Josua schon gesagt?»

«Nein. Kein Wort. Ich hab gedacht, wo es dem Bub ohnehin so schlechtgeht mit den kaputten Füßen und Fingern, und er die Mutter ja gerade verloren hat … ach, ich hab gedacht, bis Weihnachten bleibt er eh bei uns, und so lange lässt man ihn noch in dem Glauben, dass der Onkel lebt.»

«Gut so, Tantchen. Da bin ich ganz einig mit dir. Es wird sich am Ende eine Lösung finden. Aber wir müssen den Jungen jetzt noch nicht damit beunruhigen, dass alles wieder so unsicher geworden ist.»

«Der Doktor war übrigens auch da. Der Doktor Hoffmann, den du bestellt hast, für den Josua. Der hat sich auch gewundert, dass du zum vereinbarten Termin nicht da bist, ihn zu empfangen. Es war wirklich unverantwortlich von dir, so lange fortzubleiben.»

«Nun ja», sagte Elise. «Wenn ich mich von jetzt auf gleich darauf einstellen soll, einen Fremden zu ehelichen, dann wird sich der Doktor Hoffmann auch drauf einstellen können, dass er statt vom Fräulein Elise von Frau Lotte empfangen wird. Solange sein Patient ja immerhin noch anwesend ist.»

«Ach, Elischen», seufzte die Tante gedehnt. Elise gab ihrer Tante ein gequältes Lächeln und verschwand aus dem Zimmer. Da sie im Augenblick in der Tante Schlafzimmer nächtigte, würde man sich heute Abend ohnehin noch sehen.

Vielleicht aber, dachte sie, wurde es morgen Zeit, das Gästezimmer zu heizen und zu beziehen. Dann konnte Elise mal alleine sein, ohne sich draußen die Nase und die Ohren abzufrieren.

Elise konnte nicht schlafen. Wie sie es drehte und wendete, ihre Gedanken kamen von Carl nicht los. Schwester Bärbel hatte das prophezeit, als sie sie um Rat gefragt hatte. «Du musst einen Schlussstrich ziehen», hatte sie gesagt. «Sonst wird er dir immer im Kopf herumgehen. Sonst sitzt du mit deinem Gehling in Dingelstedt und denkst die ganze Zeit, dass der Carl Wagner doch besser gewesen wäre. Pass auf, du schreibst dem heut noch einen Brief. Und da schreibst du rein: Wenn ihm je irgendwas an dir gelegen hat, dann soll er dir versprechen, damit aufzuhören, dir und Vater das Geschäft zu ruinieren. Schriftlich soll er's dir versprechen. Und wenn er sich weigert, wie zu erwarten, nun, dann weißt du eben definitiv, woran du mit ihm bist und dass er ein mieser Hund ist und du keine Gedanken mehr an ihn verschwenden darfst.»

Bärbel erschien immer alles so einfach. Alles war für sie gut oder böse, schwarz oder weiß. Auch ihr Hass auf Vaters zweite Frau Helena war klar und ohne Zweifel gewesen. (Manchmal kam Elise der Gedanke, ob Helena nicht geblieben wäre, wenn ihr die Stieftöchter nicht so zugesetzt hätten. Helena hatte es zweifellos nicht schön gehabt in ihren beiden Jahren als die zweite Frau Best.) Elise wälzte sich und wälzte sich. Und kam endlich zu der Einsicht, dass Bärbel recht hatte. Sie musste einen Schlussstrich ziehen. Sie musste etwas Unklares klar machen, sonst würde sie nie wieder Ruhe finden.

Gegen ein Uhr nachts schlüpfte Elise unter der Daunendecke hervor, die sie mit der Tante teilte, und stand leise auf. Mit den Pantoffeln in der Hand, ohne etwas überzuziehen, schlich sie auf Zehenspitzen über die knarrenden Dielen, öffnete sachte die Tür und verließ das Zimmer, um sich zu ihrem eigenen zu begeben.

Leise ließ sie sich ein. Das Feuer im Kamin brannte hier, gab Licht und Wärme. Marie erwachte bei Elises Hereinkommen, wälzte sich zur Seite und sah sie schlaftrunken und fragend an. Elise legte den Finger auf die Lippen und machte ein Zeichen, dass sie zur Schreibkommode wolle und Marie weiterschlafen könne.

Im flackernden Licht griff sie zu Tinte und Stahlfeder. Merkwürdigerweise flossen die Worte fast von selbst aufs Papier. Und es waren andere, als Schwester Bärbel diktiert hätte.

Lieber Carl,

ich will gar nicht viel darum herumreden. Wenn ich damals vieles falsch gemacht habe, dann war es nicht Mangel an Liebe, sondern Mangel an Mut und an Selbstvertrauen. Du hast gesagt, ich hätte dich fallenlassen wie eine heiße Kartoffel. Stell dir vor, ich habe genau dasselbe von dir gedacht.

Weil ich damals so feige war, will ich heute zum Ausgleich mutiger sein, als es sich gebührt. Bitte lach mich nicht aus, dass ich so plump bin. Ich habe nie einen Mann lieber gehabt als dich, und ich frage dich hiermit, ob du mich heiraten willst. Ich weiß, das ist nach allem ein bisschen unwahrscheinlich. Aber ich will wenigstens gefragt haben, weil ich fürchte, dass du es in deinem Stolz nicht tun würdest, selbst wenn du wolltest.

Deine, trotz allem deine
Elise

Als der Brief beendet war, versiegelt und adressiert, war Elise viel ruhiger geworden. Was sie tat, war verrückt und peinlich, aber es war richtig. Morgen früh als Erstes würde sie Marie den Brief zum Zustellen geben. Sie schlich sich zurück ins kalte Schlafzimmer der Tante, und jetzt konnte sie sogar schlafen.

Die ganze Nacht hatte es in dichten Flocken geschneit. Der Neuschnee lag fast eine Elle hoch, darüber ragten alle paar Schritte am Wegesrand die Gipfel der zusammengeschippten Berge aus Altschnee hervor. Deren vom Holz- und Kohlestaub schmutzig gewordene Farbe war nun mit frischem neuem Weiß übertüncht. Alle Geräusche schienen gedämpft.

Während Elise mit hohen Stiefeln und gelüpftem Rock durch den Neuschnee stapfte, spürte sie eine unbestimmte Unruhe. So, als ob sie dabei wäre, einen Fehler zu begehen. Oder hatte sie nur Angst vor dem, was sie erwartete? Sie war auf dem Weg zur Schönen Aussicht, wollte dem Herrn Fechner, dem Sohn des im Thüringer Winterurlaub verstorbenen Herrn Goldfarb, den Brief bringen, den Josua mitgebracht hatte, und mit ihm über den Jungen reden. Aber nun kamen ihr Zweifel. Hieß das nicht die Sache überstürzen? Der Herr Fechner war doch jetzt erst einmal damit beschäftigt, dass sein Vater gestorben war; zudem hatte er Reisevorbereitungen zu treffen, weil er heute nach Thüringen abfahren musste. Und nun kam sie ihm noch mit dieser komplizierten Sache dazwischen, mit einem verstoßenen Waisenkind, das er demnächst aufnehmen sollte, und angeblichen Verwandten in Camberg, von denen er womöglich nie gehört hatte …

Konnte das gutgehen? Sollte sie nicht lieber bis nach Weihnachten warten?

Nun war aber Elise schon fast angekommen. Zögerlich bog sie am Ende der Fahrgasse auf den Kai. Da sah sie halb erschrocken und halb erleichtert: Vor dem fraglichen Haus, in dem Fechners wohnten, war ein Wagen angespannt. Der Fahrer legte eben eine Pelzdecke auf dem Kutschbock aus, schmiegte eine umhäkelte eiserne Wärmflasche in den Pelz. Es musste höchst unangenehm sein, heute reisen zu müssen. Wenn man überhaupt durch den Schnee kam. Wenn doch der Aufbruch so nahe schien, konnte sie den Herrn Fechner wirklich nicht mehr belästigen, oder?

Da trat ein sibirisch bekleideter, schlanker, großer jüngerer Herr mit schwarzen Haaren aus dem Haus, und Elise durchfuhr der nächste Schreck. Du lieber Gott, war das nicht ... war das etwa ihr ehemaliger Schwarm aus der Mädchenzeit, der sie «hässliche Hinkeliese» genannt hatte? Der Herr, er war vielleicht fünfzehn Meter von ihr entfernt, schritt die drei Steinstufen herunter auf den Kai und warf dabei einen Blick in ihre Richtung. Ohne nachzudenken, wandte Elise sich um und stolperte durch den Schnee, um möglichst rasch in den Sichtschatten des Eckhauses zur Fahrgasse zu kommen. Da passierte es: Als sie um die Ecke bog, kam ihr von der Fahrgasse aus etwas kleines weißes Felliges rasant schnell in die Quere und unter die nicht so ganz sicheren Füße, und schwumm, hatte sie sich hingelegt. Der Pudel quiekte, dann sprang er hoch und schüttelte sich. Der war es nämlich, über den sie gefallen war: Schopenhauers Pudel, mal wieder ganz allein mit Korb im Maul und einem Päckchen darin unterwegs. Der Korb hatte es überstanden, der Pudel nahm ihn sofort wieder zwischen die Zähne und trabte durch eine geräumte Spur im Schnee davon. Sie aber, Elise, blieb als begossener Pudel zurück. Erst musste sie sich peinlich berührt von einem übereifrigen Passanten hochhelfen lassen und steif und fest beteuern, dass sie wirklich gut alleine laufen könne. (Irgendwie schienen alle Leute ihr das humpelige Bein sofort anzumerken. Dabei redete Elise sich immer ein, man sehe es kaum.) Dann hatte sie Muße, den Schaden zu begutachten. Sie hatte sich in den Dreck gelegt. In einen Haufen Pferdeäpfel und frischen, stechend nach Ammoniak riechenden Pferdeurin, um genau zu sein. Was am allerdümmsten war: Sie hatte den Brief an Goldfarb in der Hand gehabt, in eben der Hand, mit der sie sich mitten in der Pferdebescherung abgestützt hatte. Das sah man dem Brief natürlich an. So ein Mist. Im wahrsten Sinne des Wortes. Ihr Kleid war sowieso hin, sie versuchte also, das Gröbste mit dem einzig sauberen Ärmel von dem Briefumschlag abzuwischen, aber dabei verteilte sie das Unheil nur. Elise gab es auf und hetzte, den verdreckten Umschlag in der Hand, nach Hause.

Einmal wieder schien die Tante hinter der Tür auf sie gewartet zu haben. «Wo warst du denn jetzt schon wieder? Psst! Gehling ist da und … nein! Du liebe Zeit, wie siehst du denn aus! Und wie du stinkst! Wie ein Pferdestall!»

Elise seufzte. «Ich bin hingefallen. Lass mich, ich will erst mal hoch, mich umziehen.»

«Ja, das musst du auch!», zischelte die Tante. «Du kannst doch unserem Gehling nicht so unter die Augen treten!»

Elise seufzte noch einmal, lief hoch in ihr zum Glück wunderbar warmes Zimmer, wo Josua und Marie sie anders als die Tante nicht mit Vorwürfen empfingen. Marie half ihr beim Ausziehen, holte Waschwasser. Als Elise so weit fertig war, stieß sie Marie an und fragte leise: «Was machen wir denn hiermit?» Sie deutete auf den verdreckten Brief, den sie vorläufig auf einem leeren Blatt Schreibpapier auf der Schreibkommode abgelegt hatte. «Ich würd sagen, wir machen den dreckigen Umschlag ab und einen neuen drum», flüsterte Marie. «Ach, natürlich», lachte Elise. Sie griff nach dem Briefmesser, säbelte vorsichtig den Umschlag auf. Das Papier war stark, mit etwas Glück war noch nichts nach innen durchgedrungen. Mit der sauberen Hand fischte sie die gefalteten Blätter heraus, der Brief schien sehr dick zu sein. Sie stopfte ihn erst einmal in die oberste Schublade ihrer Schreibkommode und den besudelten Umschlag in den Papierkorb. Da sollte er trocknen, zum Feueranzünden wäre er später immer noch gut genug. «Hat das eigentlich funktioniert, mit dem anderen Brief?», fragte sie Marie, während sie sich die Finger wusch. Dies war die erste Gelegenheit, seit sie Marie um halb acht als Postbotin zu Riemenschneider geschickt hatte. «Ja, ich habe es leicht gefunden», nickte die. «Ich habe den Brief aber leider nicht an den Herrn Wagner persönlich abgegeben, sondern an die Angestellte von dem Laden; ich hoffe, das ist nicht schlimm? Das Fräulein meinte, der Herr Wagner würde bald kommen, und ich hab mich nicht getraut zu sagen, dass ich lieber auf ihn warten will.»

«Keine Sorge, das ist schon in Ordnung», beruhigte Elise (war es doch auch, oder?). Sie wusch sich ein letztes Mal die Hände. Dann musste sie leider hinunter, wo bekanntlich der unermüdliche Gehling auf sie wartete. Aus der Stubentür schlüpfte schon wieder ernsten Gesichts die Tante hervor, sobald sie Elise kommen hörte, und nahm die Nichte unter vier Augen in Beschau und in die Mangel: Sie ahne ja gar nicht, was sie gestern mit ihrer wunderlichen Botschaft und dem Quetscheweibchen angerichtet habe! Gehling fühle sich abgewiesen, er empfinde es so, dass sie ihn vertröste, um am Ende doch abzusagen. Nach Gehlings Meinung habe sie sich im Prinzip schon gegen ihn entschieden, wage aber nicht, ihm dies direkt zu sagen.

Du lieber Himmel!, dachte Elise. Wenn sie das nur selber so genau wüsste! Und was sollte sie jetzt mit Gehling reden? Seufzend begab sie sich in die Höhle des Löwen, mit anderen Worten, die Wohnstube. Dort thronte der kleine Gehling auf dem taubenblauen Sofa und wartete, dass sie sich neben ihn setzte.

Gehling versuchte sich in gefühlsduseligen Überredungsversuchen. Elise antwortete sehr höflich und liebenswürdig: Man sollte sich doch zumindest eine Woche kennen, bevor man eine solche Entscheidung treffe! Die Wahrheit war, gestern war sie noch beinahe sicher gewesen, dass sie Gehling am Ende heiraten würde. Doch gerade, weil Gehling sich so penetrant gab, kamen ihr jetzt ernste Zweifel. Sie hatte den Mann für nett und rücksichtsvoll gehalten. Aber wenn er ihren Wunsch nach etwas mehr Zeit nicht respektierte, war das kein gutes Zeichen für später. Ebenso wenig, dass er sofort bei der Tante petzen ging, wenn sie nicht marionettengleich an seinem Schnürchen hüpfte. Daran allerdings mochte zur guten Hälfte die einmischerische Tante schuld sein, die ihn bestimmt ausgefragt hatte.

Nach einer halben Stunde gequälter Konversation zwischen Elise und Gehling platzte der Vater in den Raum. Elise war geradezu erleichtert, ihn zu sehen. Außerdem …

«Papa!», rief Elise mit freudigem Erstaunen. Sie sprang auf. Der Vater trug eine Obstkiste im Arm, die bis obenan mit … ja, mit Weihnachtsschmuck gefüllt war! Elise stellte sich vor ihren Vater und begann in der Kiste, die er noch hielt, zu stöbern: rote glänzende Holzäpfel, mit Gold besprühte Äpfel aus Pappmaché, silberne Walnüsse, echte Äpfel, Engelchen, Zuckerstangen, Konfekt in buntem Papier, mehrere kleine bunte Nussknacker … «Ach, das ist ja so hübsch!», rief sie. «Sehe ich richtig, dass wir dieses Jahr einen Christbaum kriegen?»

«Ich habe mich dazu durchgerungen», sagte der Vater, «nur ganz ausnahmsweise, ich hab gedacht, das arme Kerlchen oben soll mal richtig Weihnachten erleben. Wenn er schon bei uns ist. Er kennt das ja gar nicht. Ich hab mich gestern Nachmittag mal länger mit dem Jungen unterhalten, ein gutes Kind, muss man sagen, wie er so tapfer sein Schicksal trägt. Außerdem, ich hab gedacht, zu deinen Ehren … vielleicht wird es ja dein letztes Weihnachten in deinem Elternhause sein.»

So, dachte Elise freudig, jetzt bin ich rehabilitiert. Auch Papa rechnet nicht damit, dass ich noch *vor* Weihnachten als überstürzte Braut zur Notheirat nach Dingelstedt fahre! Dummerweise war die Tante nicht da, die ihr diesen Brocken aufgetischt hatte, den Elise zu Recht nicht essen wollte.

«Ach, ich freu mich so», sagte sie. «Danke, Papa.»

«Morgen, Gehling», sagte der Vater, als ob er Gehling jetzt erst bemerke. «Wollen Sie so früh schon die Gegenwart meiner Elise genießen? Wie Sie sehen, das Mädchen wird Sie als Hausfrau nicht blamieren. Sie ist immer früh auf den Beinen, meist vor mir. – Wir sprechen übrigens gerade von einem Waisenjungen,

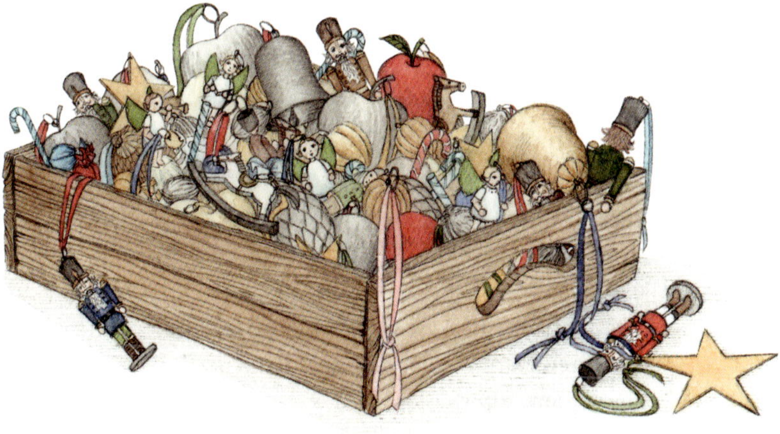

den Elise vorläufig bei uns aufgenommen hat. Übrigens, Elise, Lottchen sagt, du warst heute schon bei dem Sohn von dem verstorbenen Goldfarb, was hast du da erfahren?»

«Gar nichts», schüttelte Elise den Kopf. «Der war gerade nach Thüringen aufgebrochen, als ich kam. Wir werden uns noch gedulden müssen.»

«Na, umso besser. Dann bleibt das Kerlchen noch eine Weile hier, und der Weihnachtsschmuck ist nicht umsonst», sagte der Vater hoch erfreut. Das ist ja unglaublich, dachte Elise und verkniff sich ein Grinsen. Wie hatte der Vater zuerst auf Josua und Marie geschimpft. Doch die Wörter *Vagabunden* und *Schmarotzer* hatte er seit gestern Mittag nicht benutzt. Es liegt wohl an Marie, dass er so milde und so guter Laune ist, dachte Elise. Deren Geschichte hat ihn mit seinem Liebeskummer um Helena versöhnt. Nun kann er sich einreden, dass nicht er, sondern Helena die Verliererin ist, die ihm bestimmt jeden Tag nachweint, aber nicht wagt, zurückzukommen.

«Soll ich die Kiste irgendwo hin…», begann Elise, da betraten gleich zwei weitere Personen den Raum: Der Pfarrer Wartenstein und dahinter die Tante. «Na, kann man schon gratulieren?», fragte Wartenstein. Elise hätte am liebsten mit den Augen gerollt. «Ja, zu einem guten Kauf von Christbaumschmuck», sagte sie spöttisch, womit sie Wartenstein ein neues Thema gegeben hatte.

«Nein, mein lieber Best!», rief der entsetzt. «*Et tu, Brute!* Nun fangen Sie also auch mit dieser Unsitte an!»

Jetzt kamen Line und Trine herein mit Tabletts voller Kaffeegeschirr und Weihnachtsplätzchen. Was sollte das werden? Frühstück? Es war kurz nach neun. Elise seufzte, nahm dem Vater die Kiste ab, stellte sie in die nächste Ecke und setzte sich. Kaum saß sie, begann die Tante sich mehr oder minder verklausuliert und vor aller Ohren bei Gehling zu erkundigen, wie denn sein *Tête-à-Tête* mit Elise verlaufen sei. Hatte sie der Tante nicht gestern erst gesagt, sie solle sich nicht einmischen? Unglaublich, wirklich.

Und dann wurde es noch unglaublicher.

Line tauchte neuerlich in der Stubentür auf und knetete ihre Hände über der Schürze. «Da wär ein Herr an der Tür. Und er sagt, wenn ich ihn net neilasse, dann kommt er trotzdem.»

«Also –», begann der Vater entrüstet, und dann stand Carl im Zimmer. Elise wurde es schwindelig, kurz drehte sich alles, doch dann hatte sie sich wieder gefangen. Der Vater brüllte irgendwas von Unverfrorenheit und Dreistigkeit und Verbrecher, Carl sagte einfach nichts, Elise hielt ebenfalls still, weil es keinen Zweck hatte, den Vater zu unterbrechen. Und als der Kaufmann Best mit Brüllen fertig war, sagte Carl ganz ruhig: «Ich komme mit einer großen weißen Fahne.»

«Na, da bin ich mal gespannt», fauchte Best. «Wie untersteht er sich überhaupt, der Lump – ach, was rede ich. *O tempora, o mores.*» Die Tante saß in Schreckstarre, die Pfarrer sahen sich vielsagend an. Carl griff die einzig verbliebene freie Sitzgelegenheit, einen hohen, schmalen Stuhl, stellte ihn zurecht und nahm

Platz. «Ihre liebe Elise war gestern bei mir, um mich zu überreden, Ihrem Geschäft keine Schwierigkeiten mehr zu machen. Ich habe mich mit Riemenschneider besprochen und möchte Sie nun zu einem Treffen mit Riemenschneider und mir einladen, am besten heute Abend noch, oder wann es Ihnen passt. Riemenschneider würde Ihnen eine Fusion anbieten.»

Da war Elise mit einem Mal aus der Aufregung der letzten Tage und den wenigen Sekunden siebtem Himmel von eben mit beiden Beinen zurück auf dem Boden. Das also hatte ihr Brief bewirkt: Carl war nicht mehr böse auf sie. Er lenkte ein, versuchte einen Kompromiss. Sie würden nicht bankrott gehen. Elise konnte zu Hause wohnen bleiben, wenn sie wollte. Mehr nicht. Carl war über dreißig Jahre alt und in guter Stellung. Er war doch sicher längst verheiratet. Er konnte sie nicht heiraten, selbst wenn er gewollt hätte. Was zu bezweifeln war. Denn er hatte eine halbbankrotte Kaufmannstochter und Hinkeliese absolut nicht mehr nötig.

«Das ist ja Erpressung», höhnte unterdessen der Vater. «Von wegen Fusion, schlucken will er mich! Die Fusion hat Riemenschneider mir vor drei Jahren schon angeboten, und ich habe nein gesagt, und ich sage heute wieder nein, lieber gehe ich bankrott durch eure Schweinereien, als dass ich mich erpressen lasse!»

Elise legte entsetzt eine Hand über die Augen. Wie konnte der Vater nur so dumm und undiplomatisch sein. Jetzt hatte sie gar nichts erreicht, gar nichts.

Carl aber blieb ganz ruhig. «Er will Sie nicht schlucken. Im

Gegenteil. Es wäre für Sie vorteilhaft. Riemenschneider will sich aus dem Geschäft zurückziehen und zu seiner Tochter und den Enkeln nach Triest, da sagt ihm das Klima besser zu. Der Patron sollen Sie sein. Für den Sohn hier in Frankfurt hätte Riemenschneider gerne eine Rente garantiert. Sie wissen, der ist ein bisschen seltsam, nimmt Opium und ist fürs Geschäft nicht zu gebrauchen. Was die Erpressung anbelangt … Sie haben recht, es ist schon eine Erpressung. Aber die läge woanders.»

«Wie!? *Merde*, verdammte! Da kommt noch was? Wagner, Sie ehrloser Wurm, Sie kolossal frecher! Was unterstehen Sie sich?»

Carl räusperte sich. «Die Kröte, die Sie schlucken müssten, ist, dass Ihre Tochter und ich heute Nacht auf wundersame Weise zu dem Schluss gekommen sind, dass wir heiraten wollen. Dazu hätten wir gern Ihren Segen. Und dann müssten Sie mir natürlich erlauben, Geschäftsführer zu bleiben, damit wir auch von was leben können.»

Ein Raunen ging durch den Raum. «Also so was!», hörte man von Wartenstein. «Ach Gottchen», gehaucht von Tante Lotte. Lauter war der Kaufmann Best: «Was – wie – ich – Elise!» Entgeistert und rundäugig starrte er seine Tochter an wie eine Verräterin.

«Es stimmt, was Carl sagt, Papa», sagte Elise, die sich wie im Traum fühlte. «Ich hab ihm heut früh einen Brief geschickt. Und ehrlich gesagt, ich bin so glücklich, dass er gekommen ist, und ich fang gleich an zu weinen.» Elise strahlte mit feuchten Augen Carl an. Ihr war ganz egal, was die anderen dachten. «Caroline Elisabeth Best!», schimpfte der Vater. «Was bist du nur für ...» Doch da war er plötzlich still. Ganz still. Und er sah ... na ja. Eigentlich sah er nach und nach immer zufriedener aus.

Und dann lief Elise aus dem Zimmer in die Diele, weil ihr ernsthaft die Tränen kamen und sie einen Moment allein sein wollte, und Carl kam hinterher und nahm sie in den Arm, und dann heulte Elise erst recht und lachte noch dazu und hielt ihn, so fest sie konnte, und irgendwann, sie stand in enger Umarmung mit Carl, stand plötzlich der Vater daneben und sagte entsetzt: «Elise, du glaubst es nicht. Was sagt eben der Gehling? Er will jetzt deine Tante Lotte heiraten. Und sie hat ja gesagt.» Am Ende lachten alle drei, während Elise versuchte, Carl zu erklären, wer Gehling war, worauf Carl murmelte «Mein Gott, das war ja in letzter Minute», und der Vater mitteilte, er sei bei näherem Betrachten reichlich froh, dass ihm die Elise doch nicht nach Preußen verschwinde. Man gewöhne sich verdammt an eine Tochter im Laufe der Jahre. Da fing Elise wieder an zu heulen und sagte, jetzt reiche es aber, sie werde jetzt hochgehen und sich das Gesicht waschen und danach keine Tränen mehr vergießen. (Aber Carl hatte eben auch Tränen in den Augen gehabt, sie hatte es genau gesehen.) Und übrigens würde sie ihn irgendwann schon noch mal fragen, warum er das wirklich angefangen hatte, ihnen die Preise zu verderben, aber eigentlich war es jetzt nicht mehr so wichtig.

Elise konnte sich nicht erinnern, wann sie zuletzt so aufgeregt glücklich die düstere Stiege zum ersten Stock hochgelaufen war. Oben sagte sie: «Marie, Josua, ihr ahnt nicht ...», und brach ab, weil Marie den Finger auf die Lippen legte, da Josua schlief, aber nicht nur deshalb, denn nun erkannte Elise an Maries Gesicht, dass etwas überhaupt gar nicht in Ordnung war. «Ist etwas geschehen?», flüsterte sie. «Geht es Ihnen oder Josua nicht gut?»

«Doch, doch, es ist nur ...» Marie hielt jetzt im Stehen die Hände im Schoß gefaltet. «Bitte denken Sie nicht schlecht von mir», flüsterte sie, «es ist nur, ich habe ... da liegt doch jetzt der Brief in der Schublade, und ich war so unartig und habe mal reingesehen. Ich wollte doch wissen, was mit Josua ist.»

«Na ja, das ist nicht so schlimm. Ich hätte das wohl auch noch getan. Und? Stand irgendwas Unerwartetes drin?»

Marie schluckte. «Fräulein Best», sagte sie, «Sie sollten den Brief jetzt lesen.»

Elise sah Marie prüfend an. Was stimmte denn hier nicht? War Josua doch Maries Sohn und der Brief war ein Ablenkungsmanöver gewesen? Hatte deswegen die Schwiegertochter des Goldfarb von keinen Verwandten in Camberg gewusst?

Elise ging zur Schreibkommode und zog sie ruckartig auf. Als sie den Brief in die Hand nahm und entfaltete, fiel ein zweiter, noch versiegelter Umschlag heraus. Elise hob die Brauen, zuckte die Schultern und begann, das oberste Blatt in ihrer Hand zu lesen.

Werter alter Freund,

ich hoffe, dir geht es gut und alles läuft weiter so prächtig, wie als wir zuletzt von dir gehört haben. Wir sorgen uns etwas, weil du auf unseren letzten Brief nicht geantwortet hast, schieben das aber auf deine vielen Geschäfte. Kannst du uns wohl einen großen Gefallen tun? Anbei findest du einen lieben Jungen. Sein jetziger Name ist Jehoschua oder Josua Anspach. Den Jungen hat mein Schwager (der jüngere Bruder meiner Frau) als seinen Sohn aufgezogen, obwohl er sein Sohn nicht ist, weder leiblich noch auf dem Papier. Seine Frau, oder eher Konkubine, war mit dem Kind schwanger, als sie sich mit meinem Schwager zusammengetan hat. Geheiratet haben die beiden nie, wegen verschiedener rechtlicher Hürden, obwohl sie sich hier in der Stadt als verheiratet ausgegeben haben.

Das Kind weiß von alledem nichts. Es denkt, mein Schwager, Löb «Ludwig» Anspach, wäre sein Vater gewesen. Mein Schwager ist letzten Sommer gestorben. Leider ist jetzt auch die Mutter tot (es war das Kindbett, nichts Ansteckendes, keine Sorge, ich kenne deine Hypochondrie). Da wir mit den beiden jüngeren Kindern des Paares mehr als genug zu tun haben, glauben wir, dass es für den kleinen Joschel besser wäre, wenn sein leiblicher Vater ihn jetzt übernähme. Nur muss man es dem Manne wie dem Kind schonend beibringen. Der Vater wird auf die Mutter nicht gerade gut zu sprechen sein. Diese, eine damals noch sehr junge Person, hat den Vater, mit dem sie verheiratet war, sehr plötzlich verlassen, um sich mit meinem Schwager zusammenzutun. Soweit ich weiß, ist sie einfach verschwunden und hat sich nie wieder bei ihrem Ehemann gemeldet. Wie gesagt, sie war damals schon guter Hoffnung. Als es ans Gebären ging, ist sie mit meiner Frau nach Rotenburg, wo sie das Kind unter dem Namen seines wahren Vaters hat eintragen lassen. Eine Geburtsurkunde haben wir besorgt. Sie liegt mit im beiliegenden Umschlag.

Der wahre Vater ist der Frankfurter Lebensmittelgroßhändler Best. Die Mutter, also die Konkubine meines Schwagers, war dessen zweite Frau Helena, geborene Kalter. Bitte sei so lieb, nimm Josua fürs Erste bei dir auf, bis die Dinge geklärt sind. Gehe am besten persönlich zu dem Kaufmann Best, er soll im Tuchgaden wohnen (oder suche nach seinen Töchtern, falls er nicht mehr lebt), und bringe dem Mann sanft bei, wie die Verhältnisse liegen. Anbei ein Brief an ihn, da steht alles drin, und wie gesagt, auch die Geburtsurkunde liegt bei. Er wird das Kind nehmen müssen, es ist ja seins, vor Gott wie vor dem Gesetz. Bloß hat die Helena, als sie ihren Tod ahnte, sehr große Sorge gehabt, dass der Best seine Wut auf sie an dem Jungen auslässt und ihn verstößt. Vielleicht kannst du mäßigend einwirken und zusehen, dass alles in die rechten Wege kommt. Wir wären dir unendlich dankbar. Falls es unerwartete Schwierigkeiten gibt, schreibe, dann denken wir neu nach. Schreibe auf jeden Fall, wir freuen uns immer, von dir zu hören.

Mit den herzlichsten Grüßen von deinem alt gewordenen Spielkameraden

Zacharias Seckel Wormser

Elise musste sich erst einmal setzen. «Mein Gott», hauchte sie Marie schließlich zu, die vor ihr kniete. «Das ist ja unglaublich. Und eigentlich ganz wunderbar. Aber Marie ... wir sollten es meinem Vater noch nicht sofort sagen. Er hatte heute schon so viel Aufregung. Ich habe allmählich Angst um sein Herz.»

«Fräulein Best», sagte Marie, «jetzt sehe ich erst, Sie haben geweint, was ist denn passiert? Ich habe ganz laute Stimmen von unten gehört.»

«Gar nichts ist passiert, oder vielmehr, nichts Schlimmes, nein, sondern es ist einiges ganz wunderbar in Ordnung gekommen.» Sie nahm Marie an den Schultern. «Und Sie werden sehen, Marie, bei Ihnen bekommen wir das auch noch hin. Dass alles gut wird. Auf die eine oder andere Weise. Habe ich recht, Sie vermuten, dass Sie schwanger sind? Oder etwas in der Richtung? Sie hatten gestern etwas angedeutet.»

Marie schluckte und nickte. «Das befürchte ich, ja. Und wissen Sie, das ist eigentlich der Hauptgrund, warum ich geflohen bin. Als es nur um mich ging, da hab ich mich vor den Eltern und den Freunden in Umstadt und vor mir selber zu sehr geschämt, um zuzugeben, dass alles ein Fehler war. Aber jetzt kann ich doch wirklich nicht mehr bei ihm bleiben. Was würde das arme Wurm für eine Kindheit haben, mit solch einem Mann als Vater? Ach, Fräulein Elise, es war alles so unsagbar dumm von mir. Natürlich erkenne ich jetzt, ich hätte früher gehen müssen, bevor es so weit kam.»

«Ich verstehe gut, wie einem so etwas passieren kann», sagte Elise. «Sie können auf meine Hilfe zählen. Es wird sich eine Lösung finden, ganz bestimmt. – Aber wollen wir jetzt nicht du zueinander sagen, wo doch Josua mein Bruder ist, und du bist seine himmlische Mutter Maria, die ihn vom Weg aufgelesen und nach Hause gebracht hat? Wir sind doch fast eine Familie.»

Marie lachte, und die beiden Frauen umarmten sich.

Das Treffen zwischen den Kaufleuten Best und Riemenschneider verlief zur beiderseitigen Zufriedenheit. Ein Anwalt wurde mit dem Aufsetzen der Verträge betraut. Best war aber seinem künftigen Schwiegersohn nach wie vor nicht grün, und dies schien sich auch umgekehrt so zu verhalten, sodass Best überlegte, ob er nicht das Haus im Tuchgaden verkaufen, sich aufs Altenteil zurückziehen und das Geschäft «den Kindern» überlassen sollte, behielt dies aber vorläufig für sich.

Derweil die Männer mit den Verhandlungen beschäftigt waren, von denen der Vater Elise ausgeschlossen hatte, befragte diese ihre Tante Lotte: Warum sie denn *ihr* den Gehling aufgedrängt habe, wenn sie ihn selber wollte?

«Kind, ich konnte ihn dir doch nicht wegnehmen!», war die Antwort. «Meine kleine Rente hab ich, meine Chance auf Kinder hatte ich auch. Du warst die, die versorgt werden musste. Nur, äh, wollte ich natürlich schnell eine Entscheidung, damit ich noch zum Zuge komme, falls du nicht willst. Denn ich hab doch gleich gemerkt, dass der Gehling – ach, ist er nicht reizend? –, dass der mich immer so ansieht!» Elise schmunzelte und beließ es dabei.

Früh am nächsten Tag erstand der Kaufmann Best einen leibhaftigen Tannenbaum und eine Holzeisenbahn für den kleinen Josua. Danach nahm Elise ihren Vater beiseite und zeigte ihm den Brief, oder vielmehr beide, den an Goldfarb und den an ihn selbst, mit tausend Mahnungen, er möge sich nicht aufregen. Was er dennoch tat, und zwar atmete er immer heftiger und donnerte schließlich los, was denn dieser Wormser, der freche Halunke, sich wohl gedacht habe, und es sei doch pure Infamie von der untreuen Helena, ihm jetzt den Schlamassel aufzubürden. Als er fertig gedonnert hatte, wischte er sich die Augen, mit der Begründung, das Tannenharz von dem eben in den Hof gestellten Christbaum mache ihn allergisch, und dann sagte er ganz leise: Er habe sich so was gedacht. «Wie?», fragte Elise erstaunt.

«Na ja, weil der Junge mir doch sagte, er heißt Anspach mit Nachnamen und wäre aus Camberg. Da hab ich mich erinnert, wie ein ehemaliger gelegentlicher Kunde von mir, ein Zwischenhändler, mit Namen Anspach und irgendwo im Taunus ansässig, einmal mit der Helena schöngetan hat; angeblich wären sie als Kinder Nachbarn gewesen. Als sie dann weg ist, hat sie bekanntlich ja nicht geschrieben, wohin, außer ‹zu einem anderen Mann in eine andere Stadt›. Der Verdacht, dass es der Anspach sein könnte, ist mir nie gekommen. Ich meine, wer hätte gedacht, dass sie sich mit einem Juden … aber als ich den Namen des Jungen hörte, da fiel mir ein, dass der Anspach, der Halunke, nicht mehr bei mir gekauft hat, nachdem Helena weg war. Was sie sich gedacht hat … sie muss wahnsinnig gewesen sein. – Ach, es ist sich ja nun alles gleich. Das Bübchen kann jedenfalls nichts dafür. Das kann ja gar nichts dafür. Und es ist doch gut, dass ich meinen Jungen jetzt bei mir hab. Ein Verbrechen war es von der Helena, ihn mir wegzunehmen. Aber nun hat sie ihre Strafe, in Tod und Unglück hat sie sich gebracht durch ihre kindische Aktion. Ach, was soll's, *de mortuis nihil nisi bene*, wie Freund Wartenstein sagen würde. So, und jetzt geh ich hoch und sag dem Kind die Wahrheit. Mein Gott.»

«Ähem, Papa …»

«Ja?»

«Josua rekonvalesziert doch noch. Wäre es nicht zu aufregend für ihn, jetzt zu erfahren, dass der Mann, den er für seinen Vater hält, nicht sein Vater war? Vielleicht sagst du ihm fürs Erste, wir hätten erfahren, dass du auch ein Onkel von ihm bist, und er könne für immer bei uns bleiben. Da wird er sich bestimmt freuen. Und den Rest bringen wir ihm bei, wenn er wieder gesund ist.»

«Also, sage mal! Ich werde doch dem Jungen noch mitteilen dürfen, wer sein Vater … die Helena, diese … ach.» Best kam zwei Schritte zurück und legte seiner Tochter die Hand auf die Schulter. «Weißt du, was, Elise? Dass du dich mit dem Wagner einlässt nach alledem, find ich eigentlich nicht gut, er benutzt dich doch, um mich zu erpressen, äh, ich meine, letztlich … aber hier hast du ausnahmsweise recht. Die ganze Wahrheit werd ich meinem Jungen später sagen. Ich verrate ihm jetzt nur, dass er bleiben darf und dass wir verwandt sind.»

Der Kaufmann Best ging hoch zu seinem verlorenen Sohn und blieb fast eine Stunde oben. Gleich danach verschwand er nochmals zum Weihnachtsmarkt, um eine Ritterburg und Kinderbücher und einen Berg Bekleidung für das Kind zu erstehen.

Der Pfarrer Gehling entschwand am selben Tag gen Dingelstedt in seine Pfarrei, und die Tante, o Wunder, verabschiedete ihn und blieb noch da, weil alles andere «so kurz vor Weihnachten und so überstürzt» nicht schicklich gewesen wäre. Elise heckte derweil mit Marie geheime Pläne aus, was zu tun wäre, falls Maries Eltern ihre Tochter nicht aufnehmen wollten. Der Haushalt des Vaters würde demnächst um zwei Frauenspersonen ärmer sein, und Elise war zuversichtlich, Marie in der einen oder anderen Form bei ihrem momentan so milde gestimmten Vater unterbringen zu können, zu Not auch mit Kind, falls sie tatsächlich eines erwartete.

Außerdem schrieb Elise einen Brief an die Familie Wormser in Camberg, in dem sie erklärte, dass Josua bei ihnen sei und es ihm trotz erfrorener Zehen gutgehe (ganz zart deutete sie an, dass sie das Verschicken des Jungen bei eisigem Winterwetter und ohne Begleitung nicht guthieß), und kündigte an, im Frühjahr oder Sommer mit dem Jungen einmal vorbeizukommen. Falls sich in Camberg noch Sachen von ihm befänden, wie etwa Schulzeug oder Erinnerungsstücke seiner Mutter, solle man diese bitte solange aufbewahren.

Am Nachmittag kam Carl zu Besuch, und Tantchen war ausnahmsweise so diskret, sie beide alleine zu lassen. Da saß nun Elise mit Carl in der blauen Stube, wo sie gestern noch Gehling vor sich gehabt hatte, und sie beide waren einfach nur glücklich, zusammen zu sein. Viel zu erzählen gab es auch. Aber dafür hatten sie noch ewig Zeit.

Elise musste lächeln, als Carl nach einer halben Stunde plötzlich ganz ernst anfing, ihr auseinanderzusetzen, wie viel er verdiene, genau wie gestern Gehling (das Gehalt war ziemlich genau gleich hoch), und dass sie sich nur eine bescheidene Wohnung würden leisten können, am besten in Sachsenhausen oder in der Altstadt, also den weniger guten Vierteln. Es werde zwar in Riemenschneiders Haus oben dessen Wohnung frei, aber er gehe davon aus, dass es für die Firma lukrativer sei, diese teuer zu vermieten, statt den Geschäftsführer hineinzusetzen. Man müsse ja aus dem Geschäft auch den Riemenschneider'schen Sohn versorgen, das koste einiges.

«Solange wir beide zusammen hineinpassen, ist mir jede Wohnung recht», sagte Elise fröhlich, die gern in die helle, großzügige

Zeilwohnung gezogen wäre. Aber wenn das finanziell nicht ging, würde sie sich fügen, sie war ja gewohnt, dass man Geld zusammenhielt. (Bald würde sie aber einmal selbst in die Bücher sehen, wie eigentlich die fusionierte Handelscompagnie dastand.) Hauptsache, sie war in Frankfurt mit Carl und nicht in Dingelstedt mit Gehling. «Ich habe dich immer noch nicht gefragt, wo du jetzt wohnst», fiel ihr auf. «Zur Untermiete», sagte Carl. «Elise, ich habe die ganze Zeit gespart, damit ich mich irgendwann mal als arriviert vor deinen Vater stellen kann und er sich ärgert, dass er mich damals fristlos rausgeschmissen hat.»

«Er wird seinen Fehler niemals zugeben», sagte Elise. «Aber das macht ja jetzt nichts mehr. – Da fällt mir ein, ich muss dir noch was sagen.» Sie erzählte ihm die ganze Geschichte mit Josua, die Carl staunend anhörte. Dann gab sie ihrer Sorge Ausdruck, ob dies Schwierigkeiten für den Vertrag mit Riemenschneider bedeuten könne.

«Wieso?», fragte Carl.

«Na ja, Papa hat jetzt also einen Sohn, das heißt, er hätte einen männlichen Erben, der das Geschäft übernehmen könnte. Ich dachte, dass Riemenschneider für die Nachfolge vielleicht seine eigenen Enkel vorgesehen hat.»

Carl schüttelte den Kopf. «Nein. Die Tochter hat einen reichen Fabrikanten geheiratet. Die Kinder haben kein Interesse, nach Riemenschneiders Tod zu übernehmen. Übrigens, einen Erben hätte dein Vater doch sowieso gehabt. Da bist einmal du. Und dann werden wir doch Kinder haben.»

Elise lachte. «Natürlich. Stell dir vor, ich hatte das für den Moment ganz vergessen. Ich war so mit dir beschäftigt.»

«Das ist ja auch richtig so», konstatierte Carl und drückte ihre Hand.

Das folgende Weihnachtsfest war mit Abstand das schönste, an das Elise sich erinnern konnte. Nur, dass sie es vom vierten Advent an mit der Angst bekam, dass gerade jetzt, wo sich alles so gut gefügt hatte, der Fluch des Heiligen Abends wieder zuschlagen würde. Zum Beispiel könnte der Vater plötzlich krank werden und sterben. Oder Josua. Oder Carl.

Es war abergläubischer Unsinn, natürlich. Nichts Schlimmes geschah. Nur sollte es das letzte Weihnachten sein, das sie alle zusammen unter demselben Baum feierten. Aber so war das Leben.

Die Autorin

Ruth Berger ist Historikerin und Autorin der Romane «Die Reise nach Karlsbad», «Die Druckerin», «Miss Lucy Steele», «Gretchen» und «Der Seelenarzt», die von der Presse alle begeistert aufgenommen wurden. Ruth Berger lebt in Frankfurt.

Foto: © D. Ostermeier

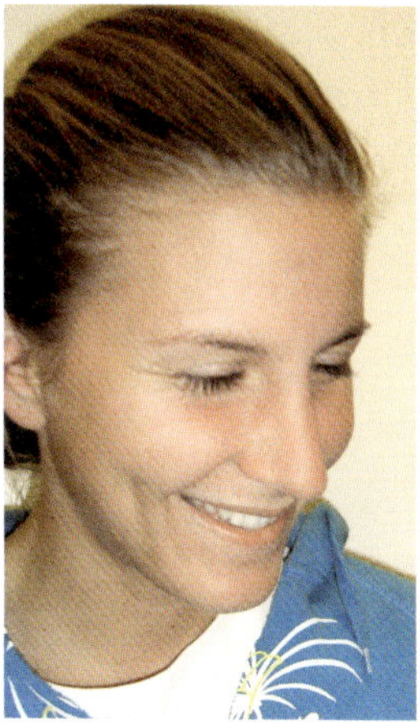

Foto: © privat

Die Illustratorin

Andrea Offermann wurde 1980 in Köln geboren. Sie studierte Illustration am Art Center College of Design in Los Angeles. Nach ihrem Abschluss 2005 kehrte sie nach Deutschland zurück und arbeitet seitdem im Kunst-, Comic- und Illustrationsbereich. Sie lebt mit ihrem Mann in Hamburg.